L'EXÉCUTEUR

CAPO DI ROMA

DON PENDLETON

L'EXÉCUTEUR

CAPO DI ROMA

Photo de couverture : PICTOR INTERNATIONAL

La loi du 11 mars 1957 n'autorisant aux termes des alinéas 2 et 3 de l'article 41, d'une part, que les *copies ou reproductions strictement réservées à l'usage privé du copiste et non destinées à une utilisation collective*, et, d'autre part, que les analyses et les courtes citations dans un but d'exemple ou d'illustration, *toute représentation ou reproduction intégrale ou partielle faite sans le consentement de l'auteur, ou de ses ayants droit ou ayants cause, est illicite* (alinéa 1er de l'article 40). Cette représentation ou reproduction, par quelque procédé que ce soit, constituerait donc une contrefaçon sanctionnée par les articles 425 et suivants du Code pénal.

© 1990, Presses de la Cité-Poche/HUNTER.

ISBN 2-258-03267-9

CHAPITRE PREMIER

— J'ai peur !
— Viens ! On descend juste encore un peu.
— Non ! J'ai peur. Si quelqu'un nous surprenait...

La voix de Marina tremblait un peu. Cela faisait pourtant des jours qu'elle fantasmait à propos de ce hameau abandonné et des mystères qu'il pouvait receler. Mais maintenant, à la vue de cette trappe que Nino venait de soulever avec son pied de biche, la jeune orpheline avait réellement peur. Surtout en voyant ce trou noir que la trappe découvrait, et d'où montaient des remugles de tombeau. Un pressentiment lui disait qu'elle devait retourner en arrière et oublier à jamais cette ouverture qu'ils avaient découverte dans la cave de cette masure en ruine. Une trappe couverte comme tout le sol de gros pavés de terre cuite et que les deux adolescents avaient trouvée par hasard en déplaçant de vieux casiers à bouteilles vides.

A l'origine, l'aventure avait commencé comme une banale chasse au trésor. Quelque temps plus tôt, connaissant à peine Nino, Marina avait trouvé ce jeu amusant et caché un objet quelque part dans Velletri, puis elle avait défié Nino de le retrouver. Un jeu qu'ils pratiquaient maintenant très souvent. A Velletri et autour de la ville, les cachettes ne manquaient pas. Une fois le « trésor » dissimulé, l'exercice consistait en promenades à deux, au cours desquelles le « cacheur » se contentait de répondre aux questions du « chercheur » par le classique « tu brûles » ou « c'est froid ». Bien sûr, à 15 et 17 ans, ils étaient maintenant un peu grands pour ce genre de distraction et si les copains de Nino avaient su ça de lui, ils se seraient tapé sur les cuisses. Quant à son prestige... Dans la bande, l'amusette la plus innocente était le lancer du couteau. Sur les rats. Quand ils en trouvaient. En période de pénurie, les chats faisaient l'affaire, mais c'était trop facile. Seulement, dans son orphelinat, Marina ignorait ce genre de choses. Elle savait juste que Nino était beau, qu'il faisait partie d'une bande et qu'il en était le chef. Ça la flattait un peu qu'il l'ait remarquée, alors que dans sa bande, il y avait deux ou trois filles beaucoup plus délurées qu'elle. Mais Marina était timide. Alors, pour ne pas l'effaroucher, Nino qui était un malin avait institué ce jeu entre eux. Toujours la nuit.

Quand elle faisait le mur de l'orphelinat.

Toujours pour la chasse au trésor. Une chasse au trésor qui avait deux avantages. D'une part, elle permettait à Nino de repérer discrètement les éventuels théâtres des futures rapines de la bande, d'autre part, depuis deux semaines, leur chasse au trésor s'achevait en séances de flirt. Des flirts plus ou moins poussés, selon la tranquillité des lieux de leurs investigations. Deux fois déjà, Nino avait presque réussi à aller plus loin que le flirt. La dernière fois, quelques jours plus tôt, Marina l'avait laissé abaisser son jean sur ses cuisses et écarter sa culotte pour mieux la caresser. Elle en avait ressenti une excitation folle... qui avait déclenché ses règles.

Vachement frustrant.

Depuis, Nino n'avait plus qu'une idée en tête : coincer sa copine dans un endroit où ils seraient tranquilles. Et cette fois, il irait jusqu'au bout. Sa chasse au trésor à lui, c'était ça. Ayant déjà commis l'œuvre de chair sur les trois filles de la bande, il était certain de son pouvoir érotique et se sentait investi d'une mission quasi mystique, celle de dépuceler Marina. Et leurs pérégrinations dans ce minuscule hameau abandonné allait lui fournir cette occasion. Il en était certain.

— Il ne faut pas, Nino. Il ne faut pas !

Nino ne sut pas si Marina faisait allusion à la profanation de l'espèce de boyau vertical qu'ils venaient de découvrir, ou à celle qu'il projetait de lui infliger dès qu'ils seraient en bas.

— On risque rien, dit-il. Viens.

Le pied de biche en main et sans plus s'occuper d'elle, il s'était engagé dans le puits carré et commençait à descendre la vieille échelle en bois qui s'y trouvait. Une descente rendue malaisée par l'étroitesse du boyau. Pas plus de 60 centimètres de côté et dont le ciment trop grossier râpait les vêtements. Une odeur de moisi montait des profondeurs, renforçant l'impression de s'enfoncer dans une tombe.

— Nino! Non!

L'adolescent leva la tête, monta le rayon de sa lampe torche. Ce soir-là, si Marina avait été en jean, il n'aurait peut-être pas insisté, car il sentait confusément comme un danger sournois émaner de ce puits mystérieux. Seulement, cette fois, Marina portait un short. Un de ces shorts qu'on voyait sur les vacancières d'Ostia ou de Nettuno. Taillés très amples, ils offraient un plus grand confort et surtout, ils laissaient un large espace autour des cuisses qu'ils couvraient. Un espace qui, dans la position de Nino, laissait toute latitude au regard. Or ce que le rayon de la lampe lui fit découvrir à cet instant dans l'échancrure du short lui asséca instantanément la gorge et lui fit battre le cœur plus vite.

Il voyait la petite culotte blanche.

Avec le renflement plus sombre et du duvet qui dépassait. Alors, il sut qu'il irait jusqu'au bout de l'aventure et il sut aussi que Marina le suivrait. Ils étaient en pleine montagne, au moins à trente kilomètres de Velletri, Marina ne savait pas conduire sa mobylette et elle ne resterait jamais seule à l'attendre la nuit dans ce hameau désert. Elle était coincée. Pour balayer ses dernières objections, Nino déclara:

— On descend juste voir et on remonte.

Il vit le visage de Marina se friper légèrement,

puis elle chassa une mèche de ses cheveux blond vénitien et finit par poser le pied sur le premier barreau de l'échelle.

— D'accord, dit-elle. Mais on remonte tout de suite.

Galvanisé par la perspective de ce qu'il lui ferait dès qu'ils seraient en bas, il descendit d'une traite les cinq ou six mètres qui le séparaient du sol et se retrouva dans une galerie voûtée en pierres et en briques qui semblait très ancienne et qui commençait précisément à la verticale du puits. Nino envoya un coup de lampe devant lui, fut surpris par la longueur de la galerie. Au moins cinquante mètres, peut-être plus. Car elle tournait sur la gauche et le pinceau de la lampe butait alors sur le mur.

— Viens. On remonte.

Marina était arrivée près de lui et elle avait parlé à voix basse. Comme si elle avait eu peur d'être entendue. Nino sourit, lui prit la main d'autorité et la tira derrière lui en déclarant :

— Il faut quand même voir.
— Non !

Il se retourna, la fusilla du regard.

— Ne sois pas idiote. Qu'est-ce qui peut nous arriver ?

Elle secoua ses longs cheveux auburn, essaya de le tirer en arrière.

— Je ne sais pas, dit-elle d'un ton angoissé. Je ne sais pas, mais je n'aime pas ça.

Il soupira :

— D'accord ! On va jusqu'au tournant. Si ça continue, on remonte. Je reviendrai plus tard. Seul, précisa-t-il sèchement.

Marina consentit enfin à le suivre et ils parcoururent les cinquante mètres l'un derrière l'autre à cause de l'étroitesse du boyau. Le sol était sec, mais leurs baskets ne faisaient aucun bruit. Arrivé au coude, Marina stoppa sur place, retenant Nino qui dut allonger le cou pour en voir un peu plus. Il vit alors que le couloir continuait encore sur une dizaine de mètres, avant de buter sur une porte. Apparemment métallique, mais dont la vieille peinture grise s'en allait en lambeaux, laissant apparaître de larges plaies rouillées.

— Viens, partons !

La main de Marina tremblait dans celle de Nino. Il lui envoya un sourire encourageant, l'obligea à regarder à son tour. Mais elle secoua la tête avec énergie et il la lâcha en jetant :

— Je vais voir. Ne bouge pas.

— Non !

Nino commençait à sentir la moutarde lui monter au nez. Il n'aurait jamais cru que Marina soit trouillarde à ce point. Mais il s'était trop engagé dans cette aventure et maintenant, il voulait savoir ce qu'il y avait derrière cette porte. Et puis, il avait lu quelque part qu'une fille qui a peur se donne plus facilement. Exemple, l'orage. Pas une fille ne restait insensible à l'orage. Ça, il l'avait vérifié lui-même. Avec une autre fille. Etrangère à la bande. Une Américaine dont le père était en poste à l'ambassade US de Rome. Mais celle-là était bien trop jeune et il n'avait rien obtenu de plus que quelques agaceries un peu poussées. Et puis elle était moche. Enfin, pas aussi belle que Marina. Alors, ce soir, rien ne l'aurait arrêté. D'une part, il était réellement intrigué par la découverte de ce tunnel, d'autre part, il voulait briller aux yeux de sa copine. Un type admiré avait plus de chances de séduire.

— Je vais voir, répéta-t-il plus durement. Reste là si tu veux.

— Non !

Bien sûr, c'était lui qui avait la lampe. Il connaissait Marina, elle ne resterait jamais dans le noir.

— Suis-moi, commanda-t-il alors. Et pas un bruit.

Là, il en rajoutait. Il jouait carrément la carte de la peur. S'il arrivait à forcer cette porte de cave et s'il trouvait derrière un coin pas trop crasseux, sûr que cette fois Marina lui tomberait dans les bras. Alors il marcha sur la porte, alla coller son oreille au battant et écouta attentivement. Accrochée à son bras, Marina tremblait.

— Tu entends quelque chose ? demanda-t-elle dans un souffle.

— Rien, dit-il. Sûrement une vieille cave. Si ça se trouve, y a plein de trucs, là-dedans.

Emporté par son imagination, il se voyait déjà découvrant un vrai trésor. Des tas d'antiquités qu'il irait revendre aux marchands de Rome. Il connaissait un type, Piazza Navona. Une sorte de faux artiste, copain avec tous les peintres de la place, qui, outre un peu de drogue, faisait des tas de commerces plus ou moins douteux, y compris le recel. D'après certains bruits. Son bureau, un café de la place où il avait établi ses quartiers. Tout le monde le connaissait. Même les *carabinieri*. Mais personne ne semblait se soucier de ses activités.

— Nino! Non!

Nino avait sorti son couteau de poche. Une petite merveille qu'il avait fauchée dans une coutellerie l'année précédente. Le genre de truc qui pouvait tout faire. Avec plein de lames diverses, poinçons, ouvre-boîtes, ouvre-bouteilles et même deux petites scies. Une pour le bois, l'autre pour le métal.

— Non!

— Tss, tss! fit Nino, agacé.

Maintenant, son projet de dépucelage était relégué au second plan. Ce tunnel et cette porte de cave le fascinaient. Il était à présent certain d'être sur la piste d'un machin super-important. Il connaissait le hameau désert depuis toujours et son imagination lui faisait échafauder un tas d'hypothèses. Tout simplement parce que l'agglomération comprenait une chapelle. Une chapelle en ruine que la bande avait déjà visitée sans y trouver le moindre candélabre. Or, d'après ses calculs, Nino estimait précisément que ce souterrain allait dans la direction de la chapelle.

S'il venait à découvrir une crypte ou un tombeau...

Dans les tombeaux, on trouvait souvent des trucs.

— Nino!

— La ferme! Tiens-moi la lampe.

Marina fit ce qu'il disait. Après une hésitation, Nino avait rempoché son couteau. Trop solide, la serrure. Il engagea le côté tranchant du pied de biche dans l'étroite rainure entre la porte et son cadre, s'arc-bouta, poussa sur son levier. Il avait l'habitude et pas une porte ne lui résistait. Maintenant silencieuse, mais toujours accrochée à lui, Marina se contentait de continuer à trembler. Nino se dégagea d'un mouvement brusque, bloqua son souffle et pesa de toutes ses forces.

D'abord, il crut que rien ne viendrait, puis, avec un léger grincement, le panneau et le chambranle s'écartèrent l'un de l'autre. Encore un effort et le pêne sortirait de la gâche. Derrière Nino, Marina observait la scène d'un regard halluciné. C'était fou. Elle aurait dû sagement dormir dans sa chambre de l'orphelinat, et voilà qu'elle se retrouvait en pleine nuit dans un tunnel secret, en compagnie d'un garçon qui jouait les aventuriers. Un instant, elle fut tentée de retourner en arrière et de l'attendre dehors, mais quelque chose s'était déclenché en elle qui la surprenait. En fait, sans se l'avouer, elle commençait à trouver ce jeu excitant. Presque plus que les caresses malhabiles de Nino. En tout cas, bien plus que leurs chasses au trésor habituelles.

— Tu y arrives?

Nino sourit dans l'ombre. Ça y était, Marina craquait. Avec les gonzesses, c'était toujours la même chose. Il suffisait de faire des trucs un peu osés et montrer qui était le mâle. Maintenant, il en était sûr, il la dépucellerait cette nuit.

Peut-être dans une crypte.

Ou dans un tombeau!

A cet instant, la serrure fit entendre un son grinçant et, d'un coup, la porte céda. Nino n'éprouvait plus la moindre appréhension. Le hameau était désert depuis des années et ils allaient déboucher dans les profondeurs de la chapelle. Il tira le panneau, éclaira un local étroit où s'amorçait un escalier en pierre qui montait. Nino donna un coup de lampe, compta une demi-douzaine de marches usées.

Mais là-haut, il y avait une autre porte métallique.

— Viens! souffla Marina. On s'en va.

Son excitation était retombée aussi vite qu'elle était venue. La vue de cette porte l'avait dégrisée. Elle aussi sentait bien que tout ceci allait sans doute les voir déboucher dans les profondeurs de la chapelle, mais c'était justement ça qui l'effrayait. Les cryptes et les caveaux lui avaient toujours inspiré une sainte terreur.

— Viens! supplia-t-elle encore en s'accrochant derechef à Nino.

Mais celui-ci se dégagea de nouveau, siffla entre ses dents:

— Fous le camp si tu veux. Moi, je reste.

Il avait oublié la petite culotte de Marina et se trouvait déjà en haut de l'escalier. Il se pencha sur la nouvelle serrure. Solide. Comme la porte.

Celle-là n'était presque pas rouillée. Beaucoup plus récente. Nino plaqua son oreille au battant, n'entendit rien, répéta l'opération pied de biche et cette fois, il dut fournir un effort beaucoup plus important, avant que le pêne ne sorte de son logement. Cela fit un bruit sourd qui se répercuta dans l'escalier et les profondeurs du souterrain.

La porte était ouverte

Malgré tout méfiant, Nino donna un coup de lampe devant lui, ne vit d'abord qu'une salle voûtée avec des caisses grisâtres entassées sur tout un côté, puis il avança le cou, éclaira l'autre côté de la salle et se raidit.

— Merde!

Sa voix avait à peine passé ses lèvres. Marina s'accrocha de nouveau à lui, essayant de regarder par-dessus son épaule.

— Qu'est-ce qu'il y a? demanda-t-elle dans un souffle.

— Merde! se contenta de répéter Nino.

Alors, la jeune fille se pencha à son tour et ce qu'elle vit la paralysa.

Une table, un frigo, une télé, deux lits de camp, des armes!

Tout un râtelier d'armes automatiques, juste au-dessus des lits de camp. Et sur la table, les reliefs d'un dîner, avec deux canettes de bière vides. Au fond de la salle, une autre porte métallique.

— Merde! répéta encore Nino en faisant deux pas en avant.

— Non! cria presque Marina. Viens. On s'en va!

Mais Nino ne l'écoutait pas. D'un bond, il était allé écouter contre la porte fermée. Après un instant, il fit signe qu'il n'entendait rien et pesa sur la poignée. La porte s'ouvrit sur un couloir vide où pendait une ampoule éteinte. Pas un bruit de ce côté-là non plus. Alors, revenant aux caisses grises dont l'une vomissait sa bourre, il acheva d'en soulever le couvercle, farfouilla dans la filasse, écarta un papier marron et gras et sa bouche s'arrondit de saisissement.

Des armes!

Il ne s'y connaissait pas beaucoup en armement, mais il avait déjà vu de ces fusils dans les films américains. Sans pouvoir en citer le nom, il avait parfaitement reconnu la forme caractéristique des fusils d'assaut M.16. Enivré par sa découverte, le jeune homme glissa le pied de biche sous le couvercle d'une autre caisse. Prêtant l'oreille aux éventuels bruits extérieurs, il pesa sur l'acier et les clous s'arrachèrent du bois avec des grincements aigus. Toujours près de la porte de l'escalier, Marina claquait presque des dents. Pour elle, les armes étaient la pire des atrocités. Ses parents avaient été tués dans le tristement célèbre attentat de la gare de Bologne. La vue du moindre fusil de chasse lui donnait envie de hurler.

— Nino! gémit-elle. Viens!

Mais Nino n'écoutait pas. La caisse qu'il était en train d'inventorier contenait au moins cent pistolets. Des automatiques noirs et luisants, dont la marque Beretta était gravée sur le canon. Alors, le sang battait aux tempes du garçon. Un seul de ces flingues coûtait au moins un million de lires. Peut-être plus. S'il n'en vendait qu'une dizaine au quart du prix, il serait riche. Il suffisait pour cela...

— Salut.

Marina poussa un cri et Nino sursauta comme s'il venait d'être mordu par un serpent. La porte qu'il avait laissée ouverte sur le couloir venait de claquer contre le mur et une puissante lampe torche l'avait pris dans son pinceau blême. Il voulut se précipiter vers la porte de l'escalier, mais il y eut une explosion sèche et il se sentit catapulté contre le mur. C'était comme s'il avait reçu un coup de pied dans la poitrine. Il eut très mal et ses poumons refusèrent d'emmagasiner l'air dont il avait besoin. A travers un brouillard sonore épais, il entendit Marina crier de nouveau, puis la lampe s'approcha et un éclair vif fulgura juste devant lui.

Alors, sa tête explosa et il plongea dans le néant.

— NOOON!

D'un bond précipité, Marina avait sauté en arrière. Elle franchit la porte, s'enfuit dans l'escalier, glissa, plongea en avant sans pouvoir se retenir. Elle cria encore, eut mal partout et sa tête cogna violemment contre la porte restée ouverte sur le souterrain. Elle vit des éclairs multicolores, voulut se relever, fut prise dans un autre rayon de lampe torche.

Une lampe qui venait du souterrain!

Puis une silhouette se profila dans le cadre de la porte et une voix vulgaire grasseya :
— Tout doux, ma belle. Tout doux !
La gifle cueillit Marina en plein sur la tempe. Les éclairs dans sa tête explosèrent violemment et un immense désarroi la submergea quand elle plongea dans le gouffre noir de l'inconscience.
La chasse au trésor était terminée.

CHAPITRE II

Mack Bolan accrocha les grenades à sa ceinture, boucla le holster du gros Colt 45 sous son aisselle gauche, celui du 38 sous la droite et suspendit l'étui de l'énorme AutoMag 44 sur sa hanche. Enfin, le poignard de commando Buck Master enfilé dans sa gaine de mollet et le M.16 chargé à bloc accroché dans le dos, il se fondit sous le couvert de la forêt. Calme et silencieux comme un fauve, il descendit sur une centaine de mètres, tout en se déportant de manière à s'assurer un angle de tir idéal. Puis, l'esprit vidé de tout ce qui n'était pas lié à l'action, il réadapta la lunette sur le M.16, la régla, verrouilla le sélecteur de tir sur le coup par coup et épaula.

Maintenant, il était à pied d'œuvre.

Dans la lunette, il vit défiler les planches de la cabane où le garde forestier était retenu en otage, puis, presque tout de suite, il eut le front du sniper dans le collimateur. Un gros pourri au crâne chauve, parfaitement visible dans le coin de la fenêtre. Il positionna la petite croix rouge juste au milieu du front, bloqua son souffle et son index enfonça doucement la détente.

La détonation ne fit pas plus de bruit qu'un bouchon de Moët et Chandon qui saute. Aussitôt couverte par les bruits nocturnes de la nature. Sous le recul de l'arme, la cible avait disparu. L'Exécuteur la rechercha aussitôt, la trouva juste à l'instant où le pourri finissait de basculer en arrière. Un beau trou, noir et dégoulinant de sang, juste au milieu du front. Tué net. Comme il s'y était attendu, il distingua un mouvement dans la cabane et une ombre se profila aussitôt, poussant le garde devant la fenêtre. Sur la tempe du forestier, il y avait le canon d'un énorme 44 chromé. Smith & Wesson, canon de six pouces. Une seule des six pralines du barillet suffirait à transformer la cervelle du garde en bouillie.

— Eh, Bolan !

L'Exécuteur ne répondit pas. Derrière le garde, il cherchait l'ombre de celui qui le menaçait. Pas fou, ce dernier se servait du forestier comme d'un bouclier. Grand et massif, ce dernier offrait un écran parfait entre le M.16 de Bolan et le pourri qui le gardait. Mais l'Exécuteur le savait, le garde forestier était un type courageux. Un certain Meyers. Ancien du Viêtnam, décoré et tout. Avec une balle viet qui se baladait quelque part dans sa grande carcasse. Une balle d'AK 47 de 7,62 mm qu'on n'avait pas pu lui ôter sur le coup. Trop dangereusement placée. Revenu au pays, Meyers n'avait plus voulu être charcuté. Alors, la balle se baladait toujours. Aux dernières nouvelles, pas très loin du cœur. Ce qui n'avait en rien émoussé le courage de Meyers. Un instant plus tôt, Bolan avait entendu une bagarre à l'intérieur de la cabane et Meyers avait hurlé :

— Vas-y, sergent ! Bute-les !

Sous-entendu « Sergent Miséricorde ». Le surnom sous lequel on avait souvent désigné Mack Bolan au Viêt-nam. Comme tous les vrais vétérans, Meyers savait cela. A l'époque, même ses ennemis l'avaient appelé comme ça.

Sergent Miséricorde.

Parce qu'au contraire de certains, il avait toujours fait en sorte d'épargner les populations civiles. Les Viets trop jeunes aussi. Sur la fin, les communistes avaient engagé dans leurs rangs des gamins d'à peine douze ans. Souvent les plus courageux. Un carnage. De la chair à canons.

— Tu m'entends, grand Fumier ?

Maintenant, ce n'était plus Sergent Miséricorde, mais grand Fumier. Autres temps, autres mœurs.

— Je sais que tu entends, reprit la voix du pourri de la cabane. Je sais aussi que t'es en train d'essayer de m'ajuster. Mais cette fois, c'est pas moi qui y passerai, mais lui.

Lui, le garde. En attendant, Bolan se demandait lequel des deux avait le plus peur en ce moment. Le flingueur avait la voix cassée. Tremblante. Il faisait dans son froc. Pas gai de voir son coéquipier se prendre une 223 en guise de troisième œil. Munition petite, mais teigneuse. Souvent, son vachard mouvement pendulaire provoquait des ravages à l'arrivée. Genre toupie folle qui dérape et qui ressort de l'autre côté en emportant des tas de vilaines choses. Spectacle catégorie *gore*. Jamais beau à voir.

Jamais gai non plus de comprendre qu'on a été sacrifié depuis le départ.

C'était pourtant le cas des deux pourris de la cabane. Placés là exprès par leur *caporegime*. Celui de Ritori. Amado Ritori. Le nouveau boss de Minneapolis-St. Paul. Un fou sanguinaire qui avait grimpé dans la hérarchie mafieuse à coups de flingues et de gueules de plomb. Un émule de Capone. Et qui n'avait pas hésité non plus à sacrifier deux de ses soldats pour tendre ce piège à l'Exécuteur. Un piège si grossier que ce dernier avait failli en rire. Le guet-apens classique. Un faux rendez-vous-échange-dope-fric entre un réseau US et un autre venant du Canada. Point de rencontre, la cabane du garde forestier qu'on disait dans le coup. Le tout en ayant pris soin de mettre un indic sur l'affaire. Un indic chargé de contacter Mack Bolan pour lui distiller l'info.

Un peu gros.

Arrivé sur place carrément la veille, Bolan avait discrètement monté sa planque. Au nez et à la barbe des « sentinelles » qu'on avait placées dans le secteur pour le cas où. Dans un énorme tas de bois au cœur duquel il s'était ménagé un affût. Comme pour la chasse au canard. Mais cette nuit, le gibier était humain. Plus tard, il avait vu les voitures arriver et il avait assisté à la prise d'otage du garde. Un garde que Bolan avait pris soin de ne pas contacter. Il lui aurait fallu se pointer dans le périmètre déboisé de la cabane. Trop risqué. Le *caporegime* de Ritori avait forcément placé des snipers dans le coin. Prêts à le canarder dès qu'il se montrerait.

Depuis, les snipers, Bolan les avait repérés. Contrairement à lui, ils n'avaient pas été habitués aux règles essentielles de la guerre en jungle. Dès le début, ils n'avaient pas su profiter des bruits de la forêt, comme les sautes de vent dans les feuilles, la pluie ou les cris d'oiseaux, pour bouger, tousser, bâiller ou même seulement soupirer. Personne ne leur avait dit non plus combien ces mêmes sautes de vent pouvaient être conductrices de sons et d'odeurs, selon qu'elles soufflaient dans un sens ou dans l'autre. Des choses en apparence anodines mais qui, dans une guerre de brousse, prenaient une importance capitale.

Des choses que le Sergent Miséricorde avait apprises.

Au Viêt-nam. Loin de son pays et des siens. De cette famille qu'à son retour la mafia n'avait pas hésité à exterminer.

C'était des siècles plus tôt... c'était hier.

Alors, patiemment, toujours planqué dans son tas de bois, l'Exécuteur avait localisé tous les guetteurs du secteur. Six. Perchés dans les arbres. Comme il l'avait fait lui-même lors d'un blitz précédent du côté de Seattle. Mais eux s'étaient fait repérer. La suite avait été un jeu d'enfant. Six « flops », six connards qui avaient joué au fruit mûr en chutant de leur perchoir. Sans un cri, sans que les autres s'en aperçoivent. Depuis, le terrain était libre.

Ou presque.

Car il y avait la camionnette. Celle à bord de laquelle les deux flingueurs étaient arrivés à la cabane. Une camionnette Ford bâchée, dont la toile arrière battait parfois les montants métalliques au gré du vent léger. Et puis il y avait la Lincoln. Une berline Continental Givenchy qui attendait tout là-bas. Marine ou noire. Mais ceci était une autre histoire.

Maintenant, l'Exécuteur était sorti de son tas de bois et il venait d'allumer le pourri au crâne chauve. Le vrai blitz était entamé.

— Eh, Bolan! cria de nouveau le pourri.

Sa voix virait à l'aigu. Vraiment pas tranquille. Il criait pour se rassurer et il ajouta, plus fort encore:

— Montre que t'en as. Montre que tu te dégonfles pas. Viens jusqu'ici acheter la vie de ce connard.

Pauvre Meyers. Un connard!

— Rends-toi et on le relâche.

Dans la nuit de la forêt, l'Exécuteur esquissa une ombre de sourire polaire. Ils le prenaient décidément pour un imbécile. Signe tangible de l'inexpérience de cet Amado Ritori. S'il le croyait assez minable pour tomber dans un piège aussi grossier... Il fallait frapper un grand coup. Déstabiliser cet abruti qui menaçait Meyers et délivrer ce dernier. Après, tout serait plus clair.

Délaissant momentanément le M.16, l'Exécuteur décrocha une grenade de sa ceinture et en arracha la goupille, avant de la balancer d'un ample mouvement du bras. La mortelle poire d'acier se fondit dans l'obscurité. Puis il y eut un choc et Bolan entendit l'engin rouler sur la route. D'où il était, et sans les jumelles de nuit, il ne voyait de la camionnette qu'une masse grisâtre et vaguement menaçante. Mais cela lui avait suffi. Avec une précision diabolique, la grenade venait d'achever sa course exactement où il l'avait voulu.

Sous la camionnette.

Quand elle explosa, cela fit comme un long roulement d'orage qui se répercuta d'écho en écho. Rien de commun avec ce qu'on aurait attendu d'une simple grenade.

Le réservoir avait explosé. Dans cet enfer, il y eut une clameur qui ressemblait à des cris et une silhouette jaillit de dessous la bâche en flammes, gesticulant dans une gerbe de feu et vidant n'importe où le chargeur d'un PM devenu inutile. A travers le rideau de flammes, l'Exécuteur vit encore deux ou trois ombres gesticuler, avant de s'effondrer. Le gros des effectifs du piège s'était littéralement volatilisé. Sûrement une demi-douzaine de *soldati* qui n'avaient rien compris au film.

Cette nuit encore, l'Exécuteur n'avait pas eu pitié. Il n'en eut pas davantage dans les instants qui suivirent. Plus glacé que la banquise, plus implacable que la mort, il poursuivit son inlassable œuvre de mort.

En épaulant aussitôt le M.16.

Mais contrairement à son tir précédent, la petite croix orange de la visée trouva immédiatement son objectif. Tétanisé par le spectacle de l'incendie, le deuxième pourri n'avait pas eu le temps de réagir. En bon vétéran, Meyers, lui, avait tout pigé. Il avait plongé au sol. Laissant l'autre imbécile tout seul dans le rectangle de la fenêtre ouverte. Cible trop parfaite. Bolan sourit, bloqua son souffle, enfonça doucement la détente.

Le deuxième « bouchon de Moët » sauta avec son petit « flop » et, à vingt mètres de là, la partie droite du front du pourri sembla soufflée de l'intérieur. Toujours le fameux effet pendulaire de la 223. Juste après le recul, l'Exécuteur put nettement voir le crâne s'ouvrir comme une coquille de noix et déverser sur le côté toutes sortes de choses pas très ragoûtantes. Y compris l'œil droit du type. Un œil qui n'avait pas rompu son attache avec le nerf optique et qui était curieusement allé se coller dans le conduit auditif de son propriétaire. Vision tragi-comique dont Bolan se désintéressa aussitôt. Songeant au garde forestier, il cria :

— Meyers ! Fous le camp de là !

Il n'aurait plus manqué que le vétéran se fasse descendre maintenant. Complètement transcendé, plongé dans ce redoutable état de grâce qu'il connaissait parfois au cours de ses batailles les plus sacrées, l'Exécuteur dévala une bonne partie de la colline pour se retrouver enfin légèrement en surplomb de la route qui serpentait en contrebas.

Juste au-dessus de la Lincoln. En principe.

Mais il faisait décidément trop noir dans cette partie de la forêt. Au même instant, des armes automatiques se mirent à cracher leur rage et leur peur. Des armes dont l'Exécuteur n'avait pu localiser les servants et qui hurlaient à la mort dans la nuit de la forêt. Puis il y eut d'autres cris. Toujours de rage. De douleur aussi. Dans la panique, les pourris se tiraient dessus.

Mais l'Exécuteur ne risquait plus rien et les mini-cannibales ne l'intéressaient pas. Il était loin. Loin de la cabane-piège, loin de l'endroit où sa mort aurait eu lieu si son formidable instinct de guerre n'était pas venu une fois de plus à son aide. Devenu ombre dans l'ombre de la forêt, évitant les obstacles à l'instinct, il filait à présent vers son véritable objectif. Il ralentit soudain, se repéra, porta enfin les jumelles de nuit à ses yeux et fouilla l'obscurité.

La voiture était bien là.

La Lincoln blindée d'Amado Ritori!

Evidemment, tous feux éteints. Mais grâce aux jumelles, l'Exécuteur pouvait voir les quatre flingueurs qui montaient la garde, planqués à proximité. Quatre *soldati* athlétiques en costumes et chapeaux noirs. La garde prétorienne de Ritori. Armés de trois mini-Uzi et d'un PM U.S. M.3 de calibre 45... ou 9 mm Parabellum. Difficile à deviner, mais c'était sans importance. Seuls comptaient ceux qui appuieraient sur les détentes. Quatre tueurs identiques. Immobiles et calmes. Apparemment sourds à ce qui se passait là-bas. Des pros.

Et en pro, l'ancien Sergent Miséricorde regretta presque d'être obligé de les tuer.

A moins qu'il ne soit tué lui-même.

Car ce qu'il allait tenter maintenant confinait au suicide. Mais il n'avait pas le choix. Une telle occasion de se payer le *capo* de Minneapolis ne se représenterait sans doute pas de sitôt. Abandonnant provisoirement le M.16 trop encombrant, l'Exécuteur tira le Buck Master de sa gaine et, une nouvelle fois, il se fondit dans l'ombre.

Pour se rematérialiser cinq secondes plus tard.

Rapide comme la mangouste et silencieux comme le tigre, il venait de plonger sur le premier flingueur et sa main gauche écrasa la bouche du type. Dans la nuit noire, l'acier mat de la lame du Buck Master n'eut pas un seul reflet quand elle fulgura dans l'air frais. Sous son tranchant effilé, la gorge du type se contracta violemment, puis il y eut un gargouillis sinistre que les sons de la forêt emportèrent aussitôt.

Déjà, Bolan s'était reculé à couvert, tirant le corps secoué de soubresauts contre lui. Le pourri parut une seconde vouloir s'arracher à l'étreinte, avant de se relâcher d'un coup. Mort.

Pourtant, du sang coulait encore de l'horrible blessure. Du sang qui avait giclé sur la main de Bolan. Chaud, poisseux. Mais en ces instants intenses où il donnait la mort, l'Exécuteur n'avait plus d'âme. Il n'était plus qu'une formidable machine à tuer, dont toutes les cellules de l'organisme s'étaient mobilisées dans cette tâche. Sans bruit, il déposa le corps sous le couvert végétal qui bordait la petite route, avant de se fondre à nouveau dans le ventre de la nuit.

Dix secondes plus tard, il tuait encore.

En piquant sa lame directement dans le cœur du deuxième pourri. Comme pour le précédent, il déposa le corps dans le fossé, se redressa, porta les jumelles de nuit à ses yeux, repéra les deux autres, recoinça les jumelles dans sa ceinture, glissa une nouvelle fois dans l'obscurité, plongea derechef sur sa troisième proie et la sinistre lame déjà souillée accomplit encore son horrible office. Mais, prévenu par son instinct, le troisième flingueur avait fait volte-face à l'ultime seconde. Collé à lui, l'Exécuteur sentit qu'il allait crier. Il enfonça littéralement la main dans la bouche du type et remonta sa lame en direction du foie. Elle s'enfonça, effectua un petit mouvement latéral, sectionna l'artère hépatique avant de revenir vers la veine cave inférieure qu'elle trancha d'un coup. Contre l'Exécuteur, le corps du flingueur parut soudain branché sur la haute tension. Il sursauta si violemment qu'il faillit s'arracher à la poigne de Bolan et qu'il le mordit jusqu'au sang. Mais l'Exécuteur tenait bon et l'autre mourut sans avoir pu se dégager. Bolan accompagna sa chute sur le lit de feuilles mortes, se redressa, vérifia dans les jumelles que le quatrième n'avait toujours pas bougé et, profitant d'un repli du terrain, il arriva derrière lui.

Juste au moment où une dernière rafale claquait au loin.

L'Exécuteur frappa aussitôt. D'un sec mouvement en cisaille qui ne laissa aucune chance au dernier pourri. Gorge tranchée d'une oreille à l'autre, le flingueur émit un sinistre gargouillis, tourna sur lui-même comme pour frapper son adversaire. Mais collé à son dos, l'Exécuteur était hors de portée. Sous sa main plaquée en bâillon, la bouche du type s'était ouverte en grand, mais les dents se contentaient de claquer. Comme sous le coup d'une grosse fièvre. Ruant contre lui, cognant des bras et des jambes, l'autre n'en finissait pas de mourir. Heureusement, il avait lâché le PM et il ne risquait pas d'envoyer une rafale au passage. L'Exécuteur avait encore besoin de discrétion.

Le quatrième flingueur enfin mort, Bolan le tira à l'écart, lui ôta veste et chemise et enfila le tout sur la sinistre combinaison noire. Puis il coiffa le chapeau et, jugeant pouvoir suffisamment donner le change, il empoigna l'Uzi du pourri et se dirigea vers la Lincoln.

Déjà, une grenade était venue se loger dans sa main gauche.

Parvenu à la voiture, il toqua à la vitre

arrière, laissant un doigt à la jonction haute du bâti et de la glace, guettant l'instant où celle-ci s'abaisserait.

Si elle s'abaissait.

Sinon, c'était fichu. A part la fameuse Metal Piercing utilisée par certains services de police et que Bolan n'avait pas, aucune balle ne parviendrait à perforer le blindage de la Lincoln. Il fallait donc que Ritori abaisse sa glace. Pourtant, il ne le faisait pas. Ce fut celle du chauffeur qui descendit.

— Qu'est-ce que tu veux? questionna celui-ci.

C'était trop bête. Bolan savait qu'une autre glace blindée existait entre l'avant et l'arrière de la Lincoln. Aussi impénétrable que celles des portières. Ritori était à l'abri. Mais au moment où il commençait à désespérer, l'Exécuteur fut visité par une idée.

Toute simple, mais géniale.

— On a eu le Fumier! lâcha-t-il d'une voix volontairement surexcitée. On l'a eu!

Alors, ce qu'il avait espéré se produisit.

La glace contre laquelle était appuyé son doigt s'abaissa de quelques centimètres et Bolan crut deviner les deux taches sombres des yeux, tandis qu'une odeur de cigare arrivait jusqu'à lui.

— Où il est, le Fumier?

Le timbre vulgaire de Ritori. Alors, de sa voix d'outre-tombe, l'Exécuteur annonça:

— Ici.

Il avait déjà introduit la grenade dans

l'ouverture et lâché la cuiller. Il n'eut plus qu'à pousser le tout à l'intérieur et à plonger en arrière.

— Eh...

Ce fut tout ce qu'eut le temps de crier Amado Ritori. Dans la seconde suivante, il y eut une forte explosion, suivie d'un souffle qui ouvrit la portière à la volée. Réfugié dans le fossé, l'Exécuteur entendit des choses siffler au-dessus de lui, puis tout de suite après, une déflagration plus sourde secoua la limousine. Aussitôt, l'incendie fit rage et le chauffeur s'éjecta de la voiture en hurlant, brandissant un gros 357 Magnum chromé qui ne lui servait à rien. Bolan jaillit près de lui, faucha le Colt Python d'un revers sec et enfonça délicatement le canon du terrible AutoMag 44 dans la bouche encore ouverte du pourri.

— Tu as envie de mourir? questionna-t-il presque doucement.

L'autre roulait des yeux affolés.

— ...ooonn!

— Tu as raison, renvoya l'Exécuteur en glissant un petit objet métallique dans la poche de l'autre. Alors, donne ça de ma part au prochain successeur de Ritori.

Ça, c'était une petite médaille en bronze. Celle des tireurs d'élite. La signature de l'Exécuteur.

L'Exécuteur qui s'était déjà fondu dans la nuit.

*
**

Il était une heure du matin et le char de guerre atteignait juste les limites de Litchfield, quand le radio-téléphone de bord fit entendre son timbre modulé. Sans quitter la route des yeux, l'Exécuteur ouvrit le circuit cabine et lança :

— Dakota écoute.

— *Mack !* lança aussitôt la voix caractéristique de Hal Brognola, *où es-tu, en ce moment ?*

Bolan lui donna sa position et le fédéral commenta :

— *Je vois, ça s'est bien passé ?*

Il était au courant du blitz, mais Bolan n'avait pas jugé indispensable de le réveiller pour le tenir au courant de son succès. Avec une esquisse de sourire carnassier, il renseigna :

— Affirmatif. Tout est O.K., le contrat est signé, je vais pouvoir me reposer quelque temps.

Hal Brognola conserva le silence un moment, le temps d'apprécier la bonne nouvelle, puis, d'un ton suave, il lança :

— *Ça m'étonnerait, vieux.*

Bolan tiqua :

— Pourquoi tu dis ça ?

— *Notre « ami » vient de m'appeler.*

L'« ami » en question ne pouvait être que Phil Necker. Phil Necker, de son nom d'origine, Felipe Necchero, le flic-taupe que les fédéraux avaient infiltré au sommet de l'*Organized Crime* new-yorkaise. Plus précisément à la fameuse *Commissione*, où, jusqu'au récent blitz de El Paso, il exerçait les activités de *consigliere* auprès du vieux super-*capo* Franck Marioni. Celui-ci destitué à la suite de sombres manœuvres intestines, la place était restée vacante au sommet de la pyramide et depuis, la lutte était chaude entre les prétendants au trône.

Bolan fronça les sourcils.

— Un problème ?

— *Pas forcément. Je suis dans son secteur et on voudrait te voir. Urgence maxi.*

C'était sérieux. Que Brognola veuille le voir, rien de plus classique. Mais Necker ne se mouillait personnellement jamais pour rien. Trop risqué. Surtout depuis le dernier blitz à Chypre où les choses avaient failli très mal tourner pour lui. L'Exécuteur questionna :

— C'est quoi, le secteur en question ?

— *Rome.*

CHAPITRE III

Avec l'acier de ses desks, ses grandes vitres au-dessus des comptoirs d'agences, son sol caoutchouté noir et ses *carabinieri* armés circulant un peu partout, l'aéroport international de Fiumicino ressemblait exactement à ce qu'il était : une des principales plaques tournantes du terrorisme européen. D'où les contrôles draconiens qu'on infligeait épisodiquement aux passagers. Malheureusement, jamais au bon moment. Après coup, on apprenait seulement que la bombe ou le « hijacker » en question étaient montés à bord de l'appareil tragique à l'escale... de Rome.

Dure réputation.

En franchissant la douane, Mack Bolan eut envie de sourire. Une fois encore, l'exception venait de confirmer la règle. Sous la forme d'une banale boîte de gâteaux secs. Une grosse boîte métallique à l'intérieur de laquelle il venait de passer de quoi faire sauter tout Saint Pierre de Rome. Un kilo d'innocents biscuits, spécialement préparés par Herman Schwarz, le génial Gadgets. A base de cette pâte miracle qu'il avait mise au point depuis un certain temps et dont il ne cessait d'améliorer à la fois le « rendement » et les divers camouflages. Une pâte qui se travaillait exactement comme une innocente pâte à tarte, qui durcissait en une heure et que l'on pouvait remodeler à volonté, à condition de la ramollir avec du dissolvant à vernis. Une invention qui aurait pu transformer Gadgets en milliardaire. Actuellement, après celui de la drogue, le marché de la mort violente était sans doute un des plus gratifiants. Entre les réseaux terroristes et les groupes paramilitaires de toutes obédiences, il n'aurait eu que l'embarras du choix.

Heureusement, Herman Schwarz était un sage. Il n'avait qu'un seul client.

L'Exécuteur.

L'Exécuteur qui débarquait à Rome sans savoir exactement pourquoi. Une seule certitude toutefois, ce n'était pas pour faire du tourisme. Dommage. Il aurait préféré ça. Rome était une ville magique où chacun se sentait immédiatement à sa place en y débarquant. Question d'harmonie entre les choses, l'espace et les êtres. Mais cette fois encore, en fait d'harmonie, les choses et les gens risquaient fort d'être en désaccord. Surtout si les « choses » en question s'avéraient être des armes, ce qui était plus que probable. En général, ni Brognola, ni Phil Necker ne faisaient déplacer Mack Bolan pour rien.

Cette fois, c'était Brognola.

Du moins, comme annoncé par radio-téléphone deux jours plus tôt, c'était bien le fédéral qui l'attendait à Fiumicino. L'Exécuteur l'avait aperçu dès sa sortie de la zone sous douane. Malgré la foule que venaient de déverser un 747 d'Alitalia et un Douglas anglais arrivés presque en même temps. Une cohue très italienne s'ensuivit et, son sac de voyage à l'épaule, Bolan effectua un large détour qui lui permit de sonder le secteur avant de croiser « incidemment » le regard de son ami. Petites précautions d'usage qui évitaient parfois bien des déboires. Personne n'était à l'abri d'une petite surveillance, surtout un flic fédéral US à l'étranger. Mais aux yeux de Brognola, il comprit que tout était O.K., ce qui n'empêcha pas le fédéral de gagner la sortie en le précédant largement et sans lui dire bonjour. Bolan le suivit jusqu'aux parkings qui se trouvaient sous l'espèce de « tube » futuriste qui allait bientôt permettre aux trains italiens d'arriver jusqu'aux portes d'embarquement. La nuit commençait à tomber et Bolan fouilla les environs d'un regard attentif. Mais personne ne s'intéressait à eux et il attendit que la Fiat crème dans laquelle s'était engouffré Brognola vienne s'arrêter devant lui pour l'y rejoindre.

— Salut, Mack.

Hal Brognola souriait. Comme le super flic qu'il était, c'est-à-dire, juste de la bouche. Ses yeux avaient conservé leur froideur apparente que même l'amitié ne parvenait jamais à réchauffer tout à fait. Les deux hommes se serrèrent la main et le fédéral redémarra. Ils ne s'étaient pas revus depuis le retour de Bolan de Chypre et il sembla à l'Exécuteur que les traits de son ami s'étaient creusés de quelques plis nouveaux. La pression professionnelle.

— Tu as l'air en pleine forme, commenta le fédéral.

Bolan lui eut une mimique incertaine. En fait, il se sentait un peu « flou ». Il en était souvent ainsi à la fin de chaque blitz et celui qu'il venait d'achever à Minneapolis avait été plutôt mouvementé. Jusqu'à la fin. D'autre part, il y avait le *jet-lag* dû au décalage horaire et à l'addition des voyages aériens. Directement parti de Minneapolis à l'issue de son dernier blitz, il s'était envolé pour Paris, où il avait acheté quelques cadeaux pour les enfants de la Fondation Miséricorde. Juste le temps d'attraper le 727 de la Swissair qui l'avait transporté à Genève. Cela ne valait évidemment pas UTA et sa super-classe Galaxie. Hélas, les lignes UTA étaient trop rares dans cette partie du monde. Peut-être qu'avec le rachat partiel de la compagnie par Air France...

— Et les gosses, demanda Brognola, alors que la Fiat abordait l'autostrada en direction de Rome, comment ils vont ?

Une lueur chaleureuse passa dans les prunelles d'acier de l'Exécuteur.

— Bien.

L'air de la Suisse et l'attention affectueuse que Viviane Beck, leur toute jeune administratrice, portait aux enfants faisaient des miracles sur leur santé.

Sauf sur le petit Cheng.

Car le fils de Liang, l'enfant qu'il avait tiré in extremis des griffes du sinistre Suk Chaï et des Triades thaïlandaises et malaises, Cheng, le fils de celui qu'il avait sauvé du bourbier vietnamien au temps maudit de la guerre ne parlait toujours pas. Comme si les mots avaient cessé de signifier quelque chose, depuis qu'il avait assisté au viol et à l'assassinat de sa mère. Comme si la vie, la sienne et celle des autres, s'était arrêtée dans ce coin de jungle thaïlandaise où le monde de son enfance avait basculé dans un gouffre sans fond.

Celui de la violence, du sang et de la mort. Du malheur.

Celui des adultes.

— Et... le gamin? questionna encore Brognola en hésitant.

Le gamin, c'était le petit Cheng. Il savait combien l'enfant de Liang avait pris de place dans la vie de Mack Bolan. Parfois, il se surprenait à identifier ce dernier à une sorte d'extraterrestre. Un vrai mystère. Car celui qui en effet n'hésitait pas à porter la mort sur tous les fronts du crime, celui qui semait la terreur chez les plus endurcis des pourris de l'*Organized Crime*, celui qui n'éprouvait de pitié ni pour les lâches, ni pour ceux qui exploitent la crasse et la bassesse humaine, celui que tous les *amici* de la terre appelaient le grand Fumier, celui-là avait vu son cœur fondre au spectacle du pire des malheurs.

Celui de l'enfance blessée.

— Hier, il m'a presque souri, souffla doucement Bolan.

Rêveur. Car dans le cas du petit Cheng, cela pouvait signifier un sérieux espoir. Mais, ce que ne disait pas Bolan, c'était qu'hormis ce presque sourire du petit, il y avait toujours ce regard grave et insistant que l'enfant faisait peser sur lui lors de ses trop rares visites. Un regard qui posait toujours la même question.

Pourquoi ?

L'ancien Sergent Miséricorde savait bien ce que voulait dire ce « pourquoi ». Par la seule force de ses grands yeux perdus dans la nuit des souvenirs hideux, l'enfant demandait pourquoi lui, l'Exécuteur, n'avait pas réussi à sauver son père.

Liang.

Le regret, le fardeau moral de Bolan.

Liang.

Un prénom qui chantait comme le vent d'un lointain pays de rizières. Un pays meurtri et éclaté, dans la terre, dans la boue duquel le Sergent Miséricorde avait laissé la partie la plus claire de son âme. Il y avait bien longtemps de cela. C'était au temps des illusions.

L'Exécuteur se secoua, questionna :

— Où est-ce qu'on va ?

Brognola rangea la Fiat sur la droite pour laisser passer un petit bolide tout rouge et tout rugissant avant de répondre :

— A l'hôtel.

L'Exécuteur haussa un sourcil froidement amusé.

— T'as viré ta cutie ?
— Déconne pas, maugréa le fédéral. Avec Phil, on n'a rien trouvé de mieux pour parler tranquille. Il se sent surveillé en permanence.
L'Exécuteur tiqua :
— Et pas quand il entre dans un hôtel ?
Petit sourire bref de Brognola.
— Pas dans celui-là.
Bolan se dit que le monde de violence, de peur et de mort dans lequel il vivait depuis si longtemps commençait à faire des ravages dans son esprit. Il avait du mal à suivre, mais il n'eut pas le temps d'approfondir, car Hal Brognola reprenait déjà :
— Après, on ira voir une fille.
— Une fille ?
La Fiat approchait à présent de Rome et le fédéral balaya la question de Bolan d'un geste.
— *No problem*, vieux, détends-toi.
Ils ne dirent plus rien. Bolan laissait planer son regard sur les lumières lointaines de la ville. La Fiat prit bientôt l'embranchement du *raccordo anulare*, accédant ainsi à l'espèce de périphérique qui permettait de contourner Rome. Puis ils passèrent le Tibre et Brognola quitta bientôt l'asphalte lisse de l'*anulare* pour lancer la voiture sur une petite route pleine de nids-de-poule, bordée de pins et de ruines.
— Vise un peu ça, dit-il, satisfait de lui-même. Tant qu'on ne le connaît pas, ce truc, c'est qu'on ne connaît rien à Rome. Ça permet d'éviter les bouchons, et c'est plus sympa.
Ils roulèrent un moment, puis la Fiat

commença à cahoter sur de larges dalles inégales et sombres.

— Tu es sûr qu'on va à Rome, par là? interrogea Bolan.

— Aussi sûr que devait l'être César à son époque, rétorqua le fédéral avec emphase. Je te présente la plus vieille route du monde encore en état à ce jour. La Via Appia Antica.

Brognola avait raison. C'était sympa. Et surtout beaucoup plus émouvant que l'autoroute. Penser que les chars de la Rome antique avaient foulé ces mêmes dalles éveillait d'étranges songes. Hélas, les talus de la vénérable route étaient pelés et jonchés de diverses ordures. Soudain, alors qu'une petite tour grisâtre et en ruine se profilait dans la lumière des phares, trois silhouettes apparurent également sur le bas-côté. Des femmes. Cuissardes, jupes couvrant à peine le ventre, décolletés provocants et maquillages outranciers. Des putes.

— Des *pompinari*, des suceuses, renseigna Brognola. Et encore, ajouta-t-il avec une grimace, on n'est jamais sûr de tomber sur une gonzesse.

Mack Bolan avait entendu dire la même chose à propos des « Brésiliennes » du bois de Boulogne, à Paris. C'était la vie...

La Fiat tressauta encore un long moment, avant de rouler sur un sol plus égal. Elle passa devant la tour ronde au sommet crénelé de la tombe de Cecilia Metella, la femme de Crassus. Puis Bolan vit passer la chapelle du Quo Vadis, érigée à l'endroit où, quittant Rome, Saint Pierre vit le Christ lui apparaître après son Calvaire. Lieu sacré où l'empreinte du pied du Seigneur demeura à jamais inscrite dans la pierre du chemin. Juste en face, une autre tombe. Celle de Priscilla, femme tendrement chérie d'Abascantius, affranchi favori de Domitien. Enfin, ce fut la Porta San-Sebastiano, la plus célèbre de Rome, qui s'ouvrait dans la superbe muraille aurélienne encore presque intacte.

Ils étaient entrés dans Rome.

La Fiat traversa une partie de l'immense parc des termes de Caracalla, se retrouva bientôt longeant le Colisée pour remonter la Via dei Fori Imperiali avec ses fresques murales décrivant les divers développements de l'empire romain. Elle contourna le grand monument victorien et tout blanc du *Palazzo Vittoriano* érigé en apothéose de l'indépendance italienne, traversa la grande place de Venise, où s'élevait le palais du même nom. Sans conteste le plus bel édifice de la Rome chrétienne. Puis, délaissant la perspective du célèbre Corso, Brognola tourna à gauche et ils se retrouvèrent d'abord Corso Vittorio Emanuele, avant de trouver une place miraculeuse dans une petite rue étroite en lisière de la Piazza Navona.

— On est arrivés, soupira Brognola.

Bolan quitta le véhicule, leva les yeux vers une enseigne lumineuse rouge et bleue indiquant : *Stefania Hotel*.

— J'ai réservé deux chambres côte à côte,

renseigna encore Brognola en évitant acrobatiquement une minuscule voiture de marque indéterminée qui fonçait en frôlant les véhicules garés.

Ils étaient fous, ces Romains!

— Je te rejoins dans ta piaule. Elle communique avec celle de Phil. C'est là qu'il nous rejoindra.

Ils pénétrèrent dans un hall sombre, où les tapisseries s'en allaient en lambeaux et où un petit vieux tout rabougri qui regardait une télé en noir et blanc tendit deux clés à Brognola. Sans un mot. Ils grimpèrent un escalier aux marches pas vraiment de niveau, longèrent un couloir tendu de toile verte où donnaient plusieurs portes à la peinture marron écaillée. Derrière l'une d'elles, une radio débitait de la guimauve italienne, tandis que derrière une autre, une fille poussait de petits cris aigus. Très caractéristiques. Brognola tendit sa clé à Bolan, lui indiqua la porte marqué 23 et ouvrit lui-même la 25. L'Exécuteur trouva un commutateur, découvrit une chambre infâme, haute comme une tour, crasseuse comme un peigne de teigneux et au fond de laquelle une demi-cloison plantée de guingois cachait mal un coin douche et un lavabo qui avait sans doute ablutionné les contemporains de Néron. On avait beau savoir que l'hôtellerie romaine était une des plus dégueu d'Europe, ça chavirait quand même un peu. Triste à hurler.

Comme la fille d'à côté.

Heureusement, cette dernière semblait avoir

enfin trouvé le grand bonheur. Il y eut une succession de chocs sourds contre la cloison et elle poussa un dernier cri qui s'acheva en un râle du plus bel effet avant de s'éteindre d'un coup. Bolan jeta son sac sur une chaise branlante, ôta ses chaussures, se laissa tomber sur le lit. Les ressorts hurlèrent encore plus fort que la voisine, mais Bolan se détendit, se laissant peu à peu glisser dans une torpeur presque bienheureuse. Un moment plus tard, il entendit des bruits d'eau dans la chambre voisine, puis un petit rire suivi de claquements de talons. Une porte claqua, les talons s'éloignèrent dans le couloir et une minute après, la porte de communication s'ouvrit. Sur un homme. Visage sévère, cheveux poivre et sel, lunettes métal et regard lavé de toutes illusions. Un homme en train de rentrer sa chemise dans son pantalon.

Phil Necker.

Le fédéral-taupe de la *Commissione* new-yorkaise. Le seul flic US qui risquait vraiment la mort à chaque seconde de sa vie.

Dans le même temps, la porte donnant sur le couloir s'ouvrit également et Hal Brognola fit son entrée.

— T'as fini de baiser? demanda-t-il à la taupe fédérale.

Mi-figue, mi-raisin.

Phil Necker adressa une moue à Bolan, soupira à l'adresse de Brognola:

— C'est chiant, elles font toujours semblant, ces putes!

Brognola lâcha un petit rire grinçant.
— A qui la faute?
Bolan sourit, mais déjà, le fédéral relançait, sérieux :
— Bon. On bosse?

CHAPITRE IV

Phil Necker avait fini de boucler sa ceinture. Avec un geste d'excuse, il disparut dans la chambre voisine, revint aussitôt avec un magnum de Moët et Chandon entamé et trois verres à dents. Indiquant du pouce le couloir où les talons féminins venaient de résonner, il railla sombrement :

— Elle prétend que l'Asti Spumente est meilleur que le Moët.

Bolan ignorait qui était la *elle* en question, mais son goût laissait nettement à désirer. Il fit deux pas jusqu'à la fenêtre, ne vit qu'un mur presque noir en face de l'hôtel. A Rome, le dernier ravalement devait remonter à l'époque de César. Il se retourna, fixa la taupe fédérale avec sympathie.

— Je peux savoir ce que tu fais ici ?

Le *consigliere* de la *Commissione* new-yorkaise servit le Moët à la ronde en précisant :

— Désolé. Pas le genre d'établissement à avoir des coupes.

Puis, levant son verre à dents, il répondit, évasif :

— Tournée d'inspection avec Madas.

Madas était le boss intérimaire mis en place à la *Commissione* après la défection du vieux Marioni. Ils burent et Bolan apprécia le breuvage des seigneurs et des dieux d'une brève mimique. Puis, revenant à son sujet, il demanda :

— Toujours provisoire, Madas ?

Il se souvenait de son blitz à Chypre.

— Toujours, sourit Necker. Mais ça risque de ne pas durer. Au sommet, on murmure qu'Augie Marinello chercherait à mettre un poulain en place.

Bolan lâcha un feulement de mépris. Augie Marinello Jr était le fils d'un autre Marinello de sinistre mémoire. Mais il était surtout le sénateur de Philadelphie... doublé d'une belle ordure. Un de ces *mafiosi* nouvelle cuvée qui portaient col blanc et qui ne se salissaient jamais les mains. Ce qui ne les empêchait pas d'avoir un compte en banque à la place du cœur et une armée de porte-flingues. L'Exécuteur questionna :

— On connaît le nom du poulain ?

Signe négatif de Necker.

— Pas encore. Le salaud ne veut rien dire pour le moment. Il doit se méfier des réactions possibles des vieux du sommet. Ceux-là ne l'aiment pas.

— Pourquoi le laissent-ils agir, dans ce cas ?

Petit sourire las de Necker.

— Parce que chez les pourris un sénateur, c'est très utile.
— O.K., fit Bolan, c'est quoi ici ?
— Un hôtel.
— Je vois. Qu'est-ce qu'on y fait ?
— Moi, précisa Necker, je viens de baiser une pute.
L'Exécuteur lui lança un regard en biais.
— J'ignorais que tu aimais les putes.
— On ne peut pas dire que j'en raffole, corrigea Necker dans un soupir. Seulement, c'est le seul truc que j'ai trouvé pour éviter les questions.
— Les questions de qui ?
— De mon boss actuel. Quand je sors, il me fait toujours filer par un ou deux de ses limiers. Heureusement, je les ai repérés dès le premier jour. Alors, j'ai commencé à me forger cette réputation de sauteur de putes. Les seules personnes avec lesquelles on imagine mal que je puisse trahir la *Commissione*.
— Astucieux, admit Bolan.
— Mais fatigant, répliqua Necker du tac au tac.
Surtout s'il n'aimait pas les filles de joie. Redevenant sérieux, Bolan interrogea :
— Qu'est-ce qui nous réunit ?
— Une idée toute simple, intervint Brognola.
Bolan tiqua.
— Dans ce cas, je me méfie.
Petit sourire torve du fédéral.
— Tu as tort. C'est une affaire en or.
— Mais encore ?

— Blitz, fit sobrement Necker en s'asseyant sur le lit de Bolan.

— Je m'en doutais un peu, fit valoir ce dernier en laissant peser sur lui un regard attentif.

Le regard d'un ancien sergent qui en une fraction de seconde savait jauger un homme. Mais Necker était toujours solide. Un miracle, compte tenu de l'extrême pression dont il était l'objet depuis qu'il avait remplacé Léo Turrin dans le rôle suicidaire de taupe chez les pourris. Un poste qui exigeait de telles qualités, à la fois morales, nerveuses et physiques que Bolan se demandait comment Necker pouvait encore tenir. Mais il tenait, et c'était le principal.

— Non, fit Necker en secouant la tête. Là, je veux dire, un *vrai* blitz.

Comme Bolan avait l'air de chercher à comprendre, Brognola intervint de nouveau :

— Il veut dire un blitz... primaire. Si je peux me permettre, ajouta-t-il aussitôt, l'air de s'excuser.

— Primaire, hein !

L'Exécuteur se méfiait de plus en plus. C'était toujours dans les castagnes toutes simples qu'on se faisait buter. Il soupira :

— O.K., explique.

— Avant toute chose, coupa Brognola, il faut que tu saches que ton van arrivera après-demain. Par avion-cargo. Je m'en suis occupé personnellement. Un relais fédéral par la filière de l'OTAN.

Cette fois, Bolan tiqua vraiment. Brognola jouant les nounous, ça devenait inquiétant.

Mais justement, en cas de vrai pétard, le char de guerre conviendrait beaucoup mieux. Un engin dont la puissance de feu équivalait approximativement à celle d'une petite armée de blindés. Evidemment, pas le genre de plaisanterie à utiliser partout. A cause des possibles « bavures ». Avec les grenades et les missiles, ça débordait toujours un peu. Mais, comme disait Brognola, pour un blitz « primaire », ça irait sûrement très bien.

— Et Grimaldi? questionna encore Bolan qui s'attendait à tout.

— On le garde en réserve pour le moment, répondit Brognola. Mais je l'ai également prévenu. En cas d'urgence, il peut être là en quelques heures seulement.

Il ne fallait quand même pas que l'urgence soit trop flagrante. En temps constant, dix heures d'avion, ça faisait toujours dix heures. Mais chaque chose en son temps.

— O.K., répéta Bolan en s'adressant à Necker. Explique.

Necker prit le temps de vider son verre et de servir le reste du Moët avant de commencer :

— C'est une histoire étrange. Celle de deux gamins, Nino et Marina. Des ados partis pour une balade nocturne et sans doute amoureuse quelque part dans la campagne et dont un seulement réapparaît.

Bolan fronça les sourcils, mais avant qu'il n'intervienne, la taupe fédérale l'arrêta d'un geste en reprenant :

— Cela s'est passé il y a presque une semaine

et seul, le garçon est réapparu. Mort. Retrouvé avec sa mobylette, à cent soixante kilomètres du secteur où il était supposé se trouver.

— Mort de quoi ?
— De deux balles de 45. Une dans le tronc, une dans la tête.

Bolan esquissa une grimace.

— Faire tous ces kilomètres pour aller se faire flinguer...
— Tss, tss, renvoya Necker. Il n'a pas fait les kilomètres en question. Du moins, pas avec sa mob. Il venait d'y faire installer un compteur tout neuf sur lequel ne figurent encore que soixante-treize kilomètres.
— Je vois. On l'aurait donc transporté après son exécution. A moins qu'on l'ait embarqué vivant avec sa mob et qu'on l'ait seulement tué après.

Mouvement de tête négatif de Necker.

— Non.
— Comment ça, non ?
— Non pour la deuxième version. Les carabiniers ont établi avec certitude que les semelles du gamin portaient les traces d'un sol crayeux qui n'existe pas dans la région où le cadavre a été découvert.

Bolan fit la moue.

— Comment les carabiniers ont-ils appris l'histoire de la balade amoureuse et du compteur ?
— Par la bande de Nino. Garçons et filles, genre petite délinquance. Donc, pas très bavards.

— Et la fille ? Cette Marina ?
Geste évasif de Necker.
— Evaporée dans la nature. Un soir, elle a fait le mur de son orphelinat comme cela lui arrivait souvent, mais cette fois, elle n'y est jamais retournée.

Necker lança un regard désolé au magnum de Moët et Chandon vide, le posa sur le plancher. Bolan questionna :
— En quoi cette histoire me concerne-t-elle ?
— J'y arrive. En vérité, je n'aurais eu aucune raison de t'appeler sans les confidences de cette fille.
— Quelle fille ?
— Lauren Mc Coy.
— Une Américaine ? s'étonna Bolan.
— Affirmatif. La fille du chiffreur de notre ambassade de Rome. Au moment des faits, elle était en villégiature à Velletri. Chez une des filles de la bande de Nino. Leurs parents respectifs avaient sympathisé lors d'un week-end à Ostie.
— C'est où, Velletri ?
— A une quarantaine de kilomètres au sud-est de Rome.
— Bon, mais ça ne répond pas à ma question. Que suis-je censé faire ici ?
— Retrouver la jeune Marina.
Bolan tiqua :
— C'est ça que tu appelles un blitz... primaire ? Je ne suis pas flic, moi !
Brognola intervint :
— C'est justement l'astuce. Le blitz va bel et

bien avoir lieu. *Les* blitz, même. Mais tu vas comprendre, dit-il en faisant signe à Necker de poursuivre.

— C'est simple, assura ce dernier en se mettant à essuyer ses verres de lunettes. Sous prétexte d'une série de flingages punitifs au sein des « familles » de la région, tu vas essayer de retrouver la piste de Marina.

— Qu'est-ce qu'elle a à voir avec la mafia, cette gamine ?

— Beaucoup, répondit Brognola.

— Enfin, on le suppose, corrigea Necker. Elle s'appelle Marina Cornelli. Fille de Giuseppe Cornelli. Un nom que tu retrouverais sans doute facilement sur tes *listings-computer*.

— Seulement, mon van ne sera là qu'après demain.

— O.K., admit Necker. Mais je peux peut-être t'éclairer en te disant que ce Cornelli était le *consigliere* de Sarne Lutese.

Un éclair métallique fulgura dans les prunelles glacées de l'Exécuteur. Cette fois, le nom de Lutese lui disait quelque chose. Il lui racontait l'histoire d'un ex-*capo* de Rome qui lui avait fait économiser des munitions... en ayant la bonne idée de mourir prématurément. Plus exactement en figurant au nombre des victimes du terrible attentat à la bombe qui avait détruit la gare de Bologne quelques années plus tôt. Un attentat « noir » attribué à l'extrême-droite italienne, mouvement dont on connaissait les liens avec la mafia.

— Intéressant, admit l'Exécuteur. Mais je ne

vois toujours pas ce que je viens faire là-dedans. Retrouver la fille du *consigliere* d'un...

— Le jour de l'attentat, coupa Necker, Lutese était en compagnie de Cornelli et de sa femme. Celle-ci avait voulu profiter du voyage en Suisse des deux hommes pour dévaliser pacifiquement quelques bijouteries de Zürich.

— J'y suis, fit Bolan. Les parents de Marina ont été tués dans l'attentat en même temps que Sarne Lutese. Mais tu as parlé d'orphelinat. La gosse n'avait donc pas d'autre famille?

Signe négatif de Necker.

— Lutese était lui-même orphelin de guerre et sa femme avait rompu avec son père, un ivrogne qui avait provoqué le suicide de sa mère et qui avait plusieurs fois essayé de la violer elle-même.

— Bon, soupira Bolan en récapitulant. La gosse est à l'orphelinat, elle fait le mur pour flirter en toute liberté avec son boy-friend, on retrouve le cadavre du gamin à cent soixante kilomètres de l'endroit où on pensait qu'il aurait dû être et la fille demeure introuvable. Et puis?

Brognola s'éclaircit la voix, prit le relais :

— Et puis il y a eu les bavardages de Lauren Mc Coy.

— Bavardages?

Hochement de tête du fédéral qui reprit :

— Une gamine assez instable, à l'esprit très imaginatif. Au point de croire que certaines confidences de Marina à une amie de pensionnat également fréquentée par elle pourraient intéresser son « espion » de père.

— Le chiffreur de l'ambassade ?

Acquiescement de Brognola.

— Le poste de son père la fait fantasmer. Elle le prend pour un agent secret.

Bolan esquissa une ombre de sourire indulgent.

— Quel genre de confidences ?

— Un truc à propos d'un numéro. D'une sorte de code dont Marina se serait vantée d'être détentrice et qui, dès sa majorité, la rendrait très riche.

Bolan tiqua.

— Un code ?

Haussement d'épaules de Brognola.

— C'est ce que prétend Lauren Mc Coy. Cette corrélation entre le « chiffre » de l'ambassade et ce soit-disant code numéroté a fait tilt dans sa tête. Aussitôt informé et croyant bien faire, son père a répercuté l'info à sa hiérarchie et la routine a suivi. Jusqu'à notre bureau de Washington qui a commencé à se poser des questions.

— Comme par exemple des questions sur un éventuel compte numéroté qu'aurait eu le père de Lauren, intervint Bolan. Un numéro qu'il aurait confié à sa fille, pour le cas où. Un numéro de compte... suisse.

Il venait de faire le rapprochement avec le départ des deux *mafiosi* pour la confédération helvétique.

Petits sourires admiratifs des deux fédéraux.

— Bravo! souffla Brognola. A un détail près.

— Stop! Rectification, votre honneur, coupa

l'Exécuteur. Pas le numéro du compte du *consigliere* Cornelli, mais celui de son *capo*. De Sarne Lutese en personne.

— *Bravissimo*!

Les trois hommes s'observèrent un moment en silence, chacun perdu dans ses pensées. Les plus sombres étaient sans doute celles de Phil Necker. Pour lui, ces moments privilégiés au cours desquels il reprenait contact avec sa vraie vie devaient être crucifiants. Heureusement, ils étaient rares aussi. Parfois, Bolan se demandait comment il pouvait ainsi tenir nerveusement. Car tout le monde le savait et surtout lui, la moindre erreur de sa part pouvait le voir démasqué à tout moment. Dans ce cas, sa seule issue raisonnable serait le suicide. Car si les autres se mettaient après sa peau...

— Bon, trancha Bolan en reprenant soudain la parole. Si j'ai bien compris, vous pensez que les *amici* locaux auraient pu avoir vent du secret de Marina Cornelli et qu'ils l'auraient enlevée.

Brognola écarta les mains en signe d'évidence.

— Possible, non?

Bolan chercha le regard de Necker pour demander:

— Ton avis?

Haussement d'épaules de la taupe fédérale.

— Je n'ai entendu parler de rien. Sauf d'une conférence extraordinaire qui devrait normalement se tenir dans les huit jours.

Il laissa échapper un petit rire sec, grinça:

— La confiance règne. Je ne sais ni où, ni quand exactement. Je sais juste qu'Ettore Madas n'a qu'une envie, celle de me voir aller planter mes choux ailleurs. Il est sûr que je cherche secrètement à le doubler.

Ce qui était quand même très proche de la réalité. Bolan esquissa une ombre de sourire, avant de déclarer :

— O.K. Je suis donc censé faire la guerre aux pourris du secteur, mais je suppose aussi que cette histoire de compte codé éventuel n'y est pas étrangère. Je me gourre ?

— Non, fit Brognola.

Une lueur ironique passa dans les prunelles de l'Exécuteur qui enchaîna :

— Je suppose aussi que vous seriez doublement contents si je retrouvais la gamine saine et sauve et que je lui soutire son prétendu secret. Si compte numéroté il y a effectivement, le pactole doit être juteux.

— Exact, répondit encore Brognola.

On ne pouvait être plus franc.

— Mais tu te trompes quand même sur un point, *Striker,* reprit aussitôt le fédéral.

Bolan lui lança un regard interrogateur.

— Ah ?

Hochement de tête de Brognola qui lâcha :

— Pour le.... pactole, on ne serait pas contents pour nous.

Bolan fronça les sourcils.

— Pour qui, alors ?

Un petit silence suivit que Necker rompit à son tour.

— Le contenu d'un compte numéroté suisse, ça doit pouvoir se transférer facilement sur un vrai compte de société, non? Surtout si la société en question est elle-même établie en Suisse.

Cette fois, Mack Bolan avait du mal à suivre. S'en apercevant, ce fut Brognola qui ajouta:

— Surtout quand le fric est destiné aux caisses d'une organisation humanitaire. La Fondation Miséricorde, par exemple.

La Fondation Miséricorde!

Celle que l'Exécuteur avait créée au lendemain du sauvetage épique du petit Cheng, et qui abritait à présent plus de deux cents enfants. Garçons et filles, tous victimes des guerres qui se déroulaient un peu partout dans le monde. Cette fondation Miséricorde admirablement gérée par Viviane Beck, une amie helvète rencontrée par Bolan lors de son blitz en Malaisie.

La Fondation Miséricorde et le petit Cheng, les deux nouvelles raisons de lutter pour l'Exécuteur.

Cette fois, Mack Bolan s'était senti cueilli à froid. Il s'était attendu à tout, sauf à ça. Car il avait bien compris, Hal Brognola et Phil Necker venaient ni plus ni moins de lui suggérer de « voler » le fric éventuellement mis à l'abri par l'ex-*capo di Roma*! De l'argent qui, s'il existait vraiment, aurait normalement dû être saisi par les autorités italiennes.

Lisant apparemment ses pensées, Brognola insista:

— Comme on ne pourrait pas le récupérer, ce fric, autant qu'on sache à quoi il servira. Pas vrai ?

— Sûr ! renchérit Necker. D'ailleurs, on ignore même s'il existe, ce pognon.

— Et la gamine, cette Marina, fit enfin valoir Bolan. Vous ne trouvez pas un peu salaud de le lui piquer, à elle, ce fric ?

Brognola lui jeta un regard de côté, avant de lâcher très hypocritement à l'adresse de Necker :

— De quel fric il parle ?

La taupe fédérale eut un haussement léger des épaules.

— Qui a parlé de fric, ici ?

Autrement dit, à partir de maintenant, ni l'un ni l'autre ne voulait plus rien savoir. C'était à l'Exécuteur de jouer. Un Exécuteur qui, comme les deux autres, cachait parfaitement son émotion. N'empêche que dans sa tête, il y avait en ce moment une sacrée belle musique.

Celle du cœur. Et ça faisait du bien.

— Ah, s'exclama soudain Necker en se fouillant. J'allais oublier.

Il tendait à Bolan une feuille de papier pliée en huit.

— La liste, dit-il. Celle des familles locales. Les nouvelles. Celles qui ne figurent pas encore sur ton *listing-computer*. Avec les coordonnées de tous leurs membres importants.

Inquiet pour la sécurité de Necker, l'Exécuteur s'enquit :

— On ne risque pas de tracer un parallèle entre ta présence ici et mon blitz ?

Ce fut Brognola qui répondit à la place de Necker. Désignant la liste, il secoua la tête.
— *No problem*. C'est prévu. En tête de liste, tu verras les coordonnées d'un certain Duzan Trisin. Un receleur yougoslave à la fois couvé par la mafia et par notre antenne locale. C'est à lui que tu vas aller demander la liste de notre part. En cas de problème, tu pourras me laisser un message à l'*Excelsior*.

Bolan n'aimait guère ce genre de contact. Il grimaça pour demander :
— Il est sûr, Trisin ?

Brognola eut un sourire bien retors pour déclarer :
— Avec les indics, va savoir. Ça nous donnera justement l'occasion de contrôler sa fidélité. Il suffira pour ça de comparer sa liste avec celle de Phil. Si elles sont identiques, ça voudra dire qu'il est O.K. Sinon...

C'était bien dans les manières du FBI, ce genre d'embrouille. Mais Brognola avait raison, c'était la meilleure façon de dédouaner Phil Necker en cas de coup dur. Bolan interrogea ce dernier du regard.
— C'est O.K. ?
— O.K., répondit la taupe fédérale d'un air qui sembla légèrement las à Bolan. Comme ça, je devrais être couvert.

Puis, ramassant le magnum de Moët vide, il se releva en déclarant :
— A partir de maintenant, on ne se connaît plus.

Il marcha vers la porte de communication d'un pas qui se voulait alerte et, parvenu à celle-ci, il tourna la tête, leva un dernier regard sur ses deux amis pour lancer :

— *Good luck*.

Puis la porte se referma sur lui et un instant plus tard, Bolan et Brognola entendirent son pas décroître dans le couloir de l'hôtel. L'agent fédéral Phil Necker retournait tout bonnement au boulot. Un sale boulot de taupe aveugle et vulnérable qui le tuerait probablement un jour ou l'autre s'il ne décrochait pas à temps. Cette chance qu'il venait de leur souhaiter, c'était lui qui en avait le plus besoin.

Un énorme besoin.

CHAPITRE V

— NOOON!

La brûlure avait une fois de plus déchiré les entrailles de Marina et elle se propageait dans ses reins comme une traînée de poudre qu'on aurait soudain allumée.

— Non! cria-t-elle encore en essayant de se débattre. Non! Arrêtez!

Mais celui qui la maintenait couchée à plat ventre sur la table n'écoutait même pas. Les yeux hors de la tête, la lèvre pendante, il regardait le gros membre de Roberto aller et venir entre les petites fesses blanches de l'adolescente. Un spectacle qui le rendait fou. Il n'avait qu'une crainte : ne pas tenir jusqu'à ce que vienne enfin son tour. Trop serré dans son jean, son sexe était dur comme une barre de fer. Prêt à exploser.

Comme d'habitude, ils avaient tiré leur ordre de passage à pile ou face. Et cette fois, c'était Roberto qui avait gagné. Andrea détestait ça. Roberto était trop bien monté et passer derrière lui alors que les chairs de la gamine s'étaient relâchées était un peu frustrant. Mais il n'y avait rien à faire contre le sort. Alors, depuis un bon quart d'heure déjà, Andrea se contentait de maintenir la gonzesse sur cette table crasseuse en attendant que l'autre ait enfin terminé.

— Non! non! gémissait maintenant Marina en secouant lentement la tête.

Elle ne cherchait même plus à se débattre et sous ses cheveux emmêlés, son visage ruisselait de larmes. Depuis des siècles, elle avait perdu la notion du temps et passait ses journées et ses nuits les poignets attachés dans le dos et reliés à un énorme piton scellé dans le mur. Aucune intimité. Même pas pour sa toilette. Près d'elle, il y avait deux seaux. Un avec de l'eau propre pour se laver, l'autre, pour son nécessaire hygiénique. Atroce. Depuis qu'elle avait vu Nino tomber sous les balles des deux tueurs, elle vivait comme un animal de zoo. Au début, ç'avait presque été supportable, mais maintenant, ils la violaient plusieurs fois par jour. N'importe où, n'importe comment. Hier, enfin, Marina supposait que c'était hier, celui qui la tenait en ce moment l'avait forcée avec le goulot d'une bouteille. Tous deux étaient ivres morts et ils avaient failli la tuer. Alors, aujourd'hui, Marina n'en pouvait plus. Elle avait envie de mourir.

Comme Nino. A coups de pistolet.

Mais depuis qu'ils l'avaient faite prisonnière, elle savait instinctivement qu'ils ne la tueraient pas. Pas tout de suite. Ils allaient d'abord profiter d'elle le plus longtemps possible. Du moins, tant qu'ils pourraient la cacher. Car bien qu'elle ne comprenne pas où elle était tombée exactement, son instinct avait compris certaines choses. Comme par exemple que ces deux types n'étaient que des sous-fifres. Des exécutants, ou plus logique encore, les simples gardiens de ce local souterrain qui se payaient du bon temps à l'insu de ceux qui les commandaient. Alors, elle comprenait aussi que fatalement, dans un délai plus ou moins bref, elle serait exécutée comme Nino.

— Merde! Magne-toi un peu, toi!

C'était Andrea. Celui qui la tenait. Elle avait le visage au niveau de son pantalon et dans l'éclairage sinistre de l'unique ampoule jaunâtre pendue au bout de son fil, Marina pouvait voir la grosse bosse sous le jean. Andrea n'y tenait plus. Et à voir sa tête, il allait bientôt devenir fou de rage. Le temps d'une illusion, Marina se dit qu'il allait peut-être se ruer sur Roberto et qu'elle pourrait ainsi profiter de la bagarre pour essayer de s'enfuir. Mais la bagarre ne fut pas pour ce soir-là. Sans un mot, tandis que son complice s'activait de plus en plus vite dans les reins de Marina, Andrea défit son pantalon et voulut lui faire prendre son sexe dans sa bouche. Elle cria, se débattit, crut qu'elle allait réussir à échapper à l'horrible humiliation. Mais elle sentit soudain un contact glacé sur son front et son regard halluciné enregistra la vision trouble d'un canon de revolver posé sur elle. Puis elle vit le pouce d'Andrea armer le percuteur.

— Vas-y, salope, fit la voix essoufflée du monstre. Vas-y, ou je te fais sauter le crâne.

Tout là-haut, au-dessus du sexe tendu, au-dessus du canon de l'arme et de son percuteur, Marina voyait à présent le regard d'Andrea. Un regard de fou.

Alors, Marina sut qu'elle allait ouvrir la bouche.

Elle avait peur de mourir.

Dans le lounge de l'*Excelsior*, les tons de rose et de bois dominaient. Au desk, un réceptionniste rond et compassé venait de remettre la clé N° 203 à Bolan et un employé avait déjà empoigné le gros sac de voyage. L'ascenseur était à côté. Ils s'y entassèrent en compagnie d'une vieille Américaine portant un affreux yorkshire et d'un grand type, affligé à la fois d'un magnifique strabisme divergeant et d'oreilles très fortement décollées. Avec son complet de tweed et ses cheveux blond-filasse, il ressemblait à un acteur de théâtre anglais.

De la fenêtre de la 203 Bolan plongeait directement sur la Via Veneto et sa circulation dingue. A gauche, de l'autre côté de la Via Boncompagni, l'énorme pâtisserie rose-orange de l'ambassade US.

L'ambassade US où travaillait le père de la petite Mc Coy, celle qui était indirectement responsable de la présence à Rome de l'Exécuteur.

La porte refermée sur le bagagiste, Bolan vida son sac de voyage, prit une douche et, une serviette autour des reins, il décrocha le téléphone pour appeler le standard. Un instant plus tard, la voix de Brognola résonnait dans l'écouteur.

— Dakota, dit l'Exécuteur. Je suis au 203.
— *O.K.*, Striker. *Bonne chasse.*

Il y eut un déclic et Bolan raccrocha à son tour. Pour redécrocher aussitôt et demander un autre numéro. Egalement à Rome. Il y eut une sonnerie, assez longue, avant qu'une voix féminine ne lâche un « *pronto* » revêche dans le combiné.

— *Il signore Trisin, per favor?*

Il dut patienter un moment avant qu'une voix d'homme au fort accent étranger ne lui parvienne.

— *Duzan Trisin, j'écoute.*
— J'ai un message de la part de Max, dit alors Bolan. Je voudrais vous voir.

Avec celui de Mr Smith, celui de Max était depuis quelque temps les noms de code de Brognola. Le correspondant de Bolan marqua un temps d'hésitation avant de questionner à voix contenue :

— *Un message ?*
— La fontaine de Trévi n'exauce plus les vœux de retour à Rome.

Encore une hésitation à l'autre bout de la ligne, puis :

— *Elle les exauce quand ils sont purs et qu'on boit l'eau pure.*

C'était un message de prise de contact. Un soupçon débile, mais on n'était pas là pour faire de la littérature. Au bout du fil, il y eut un silence, puis :
— *Quand voulez-vous me voir ?*
— Le plus vite possible.
Encore un silence, avant que la voix n'hésite :
— *Je... c'est impossible avant ce soir.*
— O.K. Où ça ?
Le correspondant marqua encore une hésitation, avant de proposer :
— *A onze heures, Piazza Navona. Je serai assis sur une des bornes en pierre qui cernent la Fontaine des Fleuves. J'aurai une casquette de golf rouge et une écharpe de la même couleur.*
— O.K., fit Bolan, avant de raccrocher.
Il connaissait parfaitement Rome et la Piazza Navona et ses fontaines sculptées par Bernin n'avaient plus de secrets pour lui.
Il reprit contact avec Brognola, déclara sobrement :
— Ce soir, 22 heures 30, Piazza Navona.
— *O.K.*
Il raccrocha, survola la lecture des prospectus de l'hôtel posés sur le secrétaire avec le papier à lettres de l'*Excelsior*, décida d'aller faire un tour dans Rome avant que la nuit tombe.
Quittant l'hôtel par la gauche, il redescendit la Via Veneto sous un soleil déclinant, longea les grilles de l'imposante ambassade US, eut une pensée pour Mc Coy, arriva Piazza Barberini et laissa la fontaine sur sa gauche pour descendre la Via del Tritone, justement en direction de la célèbre Fontaine de Trevi.

Lorsqu'il y arriva, une foule compacte se pressait sur le pavé inégal de la petite place. Une nuée de touristes armés d'appareils-photos et de camescopes s'acharnait à immortaliser le lieu quasi-mythique où avait été tournée la fameuse scène de *La dolce vita*. Laissant les touristes à leurs émotions, il retrouva le Corso et ses boutiques, acheta l'inévitable *gelata* qu'il dégusta en marchand vers la Piazza del Popolo où une autre foule se partageait entre les deux églises identiques édifiées de part et d'autre du Corso. Rome était décidément toujours une ville magique et en levant les yeux vers la terrasse ombragée du Pincio, Mack Bolan ressentit comme un petit pincement au cœur.

Parfois, il se prenait à rêver d'une vie normale.

Une vie sans blitz dans laquelle il inclurait naturellement le petit Cheng. Et aussi peut-être... une femme. Ou plutôt son idéal féminin. Mais au lendemain du massacre perpétré des années plus tôt sur sa famille, Mack Bolan était devenu l'Exécuteur. Il avait alors fait le vœu de tuer tous ceux qui de près ou de loin touchaient à la mafia et qui auraient l'imprudence de croiser son chemin. Un vœu qu'il avait respecté jusqu'à ce jour.

Un vœu sacré.

Alors, l'Exécuteur cessa de penser à son hypothétique vie « normale » et se remit en route. La nuit était tombée et il avait faim. Il remonta le Corso, pénétra dans le premier restaurant qu'il trouva. Via Borgognona. Il y dégusta les meilleurs *antipasti* de sa vie, se fit servir des pâtes excellentes qu'il ne toucha qu'à peine, puis un expresso qu'il avala sans y penser, avant de quitter le restaurant. Bien que ça ne soit pas sa route, il ne put résister au plaisir de prendre à gauche pour monter vers la Piazza di Spania où des fiacres rutilants attendaient leurs couples d'amoureux. Il passa au bas des monumentaux escaliers fleuris où des hordes de jeunes avaient élu domicile, tournant résolument le dos à l'église de la Trinité-des-Monts. Une église que le gouvernement français avait fait ériger ici en 1495 à l'usage de ses ressortissants catholiques résidant à Rome. Puis il redescendit vers le centre, passa devant le célèbre Café Greco qui était fermé et traversa le Corso pour s'enfoncer dans les petites ruelles du côté du Panthéon.

Quand il déboucha enfin sur la Piazza Navona, il était exactement vingt-deux heures trente.

Une place en forme de champ de courses, bâtie sur l'ancien site du Cirque antique de Domitius, bordée d'immeubles bistres aux balcons fleuris, au bas desquels s'ouvraient cafés et restaurants. Plantés sur le pavé comme autant d'insectes bizarres, des dizaines de chevalets supportaient les toiles et les dessins d'artistes en mal d'expositions.

Tout de suite, Bolan avait repéré la casquette et l'écharpe rouges.

Duzan Trisin.

Un type long et maigre comme un jour sans

pain, doté d'un long nez épouvantablement aquilin et qui avait l'air perdu dans de nombres pensées. Bolan essaya de fouiller les environs du regard mais, dans cette foule, il était impossible de repérer le moindre suiveur. Mains dans les poches, faisant mine de s'intéresser aux horreurs exposées à la lumière blême de lampes à gaz, l'Exécuteur se fraya un passage, passa devant Trisin qui ne lui accorda pas un regard. Puis il fit le tour du bassin de la grande fontaine, revint s'appuyer à la ferronnerie de protection qui courait d'une borne à l'autre, souffla à l'adresse de l'homme à la casquette le même texte déjà récité plus tôt. L'autre lui lança un bref regard en coin, eut un imperceptible mouvement de tête avant de murmurer :

— Gardez cette position, ayez l'air intéressé par la fontaine.

On faisait carrément dans la parano. Bolan obéit néanmoins, tandis que Trisin lançait :

— Que voulez-vous ?

L'Exécuteur le lui expliqua et le Yougoslave donna l'impression d'avoir été mordu aux fesses.

— Vous êtes dingue ! lâcha-t-il soudain sans pourtant tourner la tête. Une liste pareille, c'est impossible...

— Demain soir, coupa Bolan. Tu es payé pour ça.

— Mais... ça va prendre un temps fou !
— Demain soir. Au même endroit.
— Non ! Pas ici !
— Où, alors ?

— Piazza di Spania. Je... je serai assis sur les marches de la première terrasse. Mais ce n'est pas sûr que je puisse...

— A demain soir, coupa encore Bolan en lâchant la ferronnerie.

Si on se mettait à pouponner les indics...

CHAPITRE VI

Dans le hall de l'*Excelsior*, des armées de touristes japonais avaient lancé leurs kamikazes bardés de caméras vers le desk et Bolan eut toutes les peines du monde à y remettre sa clé. Devant l'entrée de l'hôtel, une Rolls noire déchargeait un vieux beau apparemment français, aux revers de satin duquel deux superbes salopes aux sourires rapaces s'accrochaient avec hargne. Un taxi arriva exactement à cet instant et Bolan attendit qu'il ait fait le vide pour sauter à l'intérieur.

— A l'angle de la Via Due Macelli et de la Piazza Mignanelli, jeta-t-il au chauffeur.

Il avait failli dire Piazza di Spania, mais les vieux réflexes avaient joué. Toujours veiller aux entrées en scène les plus discrètes possibles. Du moins, tant qu'il ne s'agissait que de périodes d'observation. Son arsenal portable et le char de guerre n'arrivaient que le lendemain et il n'avait sur lui qu'une dague de para lacée dans son étui sous sa manche de blouson.

Vieille habitude.

Il n'y avait pas un kilomètre à vol d'oiseau entre l'hôtel et la Piazza Navona, mais histoire de gonfler un peu sa course, le taxi remonta vers la Piazza della Republica, contourna la Fontaine des Naïades du sculpteur Rutelli, laissa le Caffe Grand Italia sur sa droite pour enfiler une avenue bordée de pelouses où toute une marginalité immigrée avait élu bivouac. Jusqu'alors relativement protégées du flux migratoire, l'Italie et Rome en particulier commençaient à en faire les frais.

— *Signore*, intervint douloureusement le chauffeur en cherchant le regard de Bolan dans le rétro, bientôt, on verra ici autant de mosquées qu'en France !

Ça avait l'air de le peiner considérablement. Il faut dire que Rome avait depuis longtemps résolument opté pour la religion de Saint-Pierre.

Le taxi passa devant l'immense building plat de la gare Termini, enfila la Via Cavour, le promena du côté de la large Via dei Fori Imperiali et le chauffeur décidément acharné à gonfler son compteur voulut lui montrer les gravures sur pierres scellées derrière le Colisée et qui racontaient les différentes époques de l'histoire de Rome. Mais il était maintenant vingt-deux heures vingt et Bolan se fâcha.

— Non, laissa-t-il tomber de sa voix soudain glacée.

L'autre n'insista pas, recouvra immédiatement son sens de l'orientation et un instant plus tard, la voiture longeait le Forum à la vitesse d'un obus. Bolan n'eut même pas le temps d'apercevoir les chapiteaux des colonnes pourtant éclairées. Petite vengeance du chauffeur.

Cinq minutes plus tard, le taxi stoppait à l'endroit demandé et c'est à peine si la *Banca d'Italia* aurait eu assez de lires pour en régler la course. Mais au moins, Bolan avait « visité » Rome.

Et le taxi l'avait même déposé devant une autre curiosité de la Ville Eternelle.

Un Mc Donald's !

Selon les experts et les gastronomes les plus éclairés, le plus beau... et peut-être le meilleur d'Europe.

Laissant l'enfilade d'immeubles noirs de pollution de la Via Due Macelli dans son dos, Bolan traversa la petite place Mignanelli encombrée de voitures en stationnement et déboucha enfin sur la Piazza di Spania.

Les fiacres étaient toujours là, la foule aussi.

Mains dans les poches, Bolan adopta l'attitude du promeneur. Il prit l'escalier de droite, grimpa la première volée de marches entre les grappes de jeunes qui semblaient s'y être installés pour l'éternité, louvoya jusqu'à la première terrasse, mais il avait beau fouiller les lieux du regard, il n'y avait pas de Trisin dans le secteur. Il monta jusqu'à l'église de la Trinité-des-Monts, jeta un regard sur le panorama scintillant de la ville, redescendit par l'autre volée de marches, fouilla de nouveau le secteur d'un regard attentif, mais dut se rendre à l'évidence : le Yougoslave n'était pas arrivé. Il redescendit jusqu'en bas, fit semblant de s'abîmer dans la contemplation des œuvres d'obscurs « croqueurs » de portraits installés au bas des marches, alla admirer les laques rutilantes d'un fiacre stationné devant la Galleria Russo, revint sur ses pas, espérant voir enfin apparaître le Yougoslave. A cet instant, un couple de Japonais l'accostèrent et lui demandèrent de les filmer avec leur camescope. Un bijou signé Canon et qui reléguait le super 8 des années passées au rang d'antiquités. Bolan appliqua son arcade sourcilière au caoutchouc de l'œilleton, chercha le cadrage, déclencha par mégarde le zoom qui effectua un lent travelling sur la foule alentour. Il allait actionner le zoom en arrière pour cadrer le couple de Japonais, quand son regard fut soudain attiré par un détail.

Une casquette rouge.

Une casquette de golf exactement semblable à celle de Trisin. Tout là-bas, presque à l'angle de la Via dei Condotti, juste devant le magasin Roland's. Ce soir, c'était jour de chance. On pouvait circuler dans le centre de Rome.

Et c'était bien le Yougoslave.

Il venait d'émerger d'une voiture arrêtée à l'angle de la place et commençait à remonter en direction des escaliers. A cette seconde,

Bolan vit arriver une autre voiture. Une Regata sombre de laquelle deux hommes descendirent pour s'abîmer aussitôt dans la contemplation des devantures de boutiques. Avec l'air de ne faire ni tourisme, ni lèche-vitrines.

L'instinct du guerrier solitaire resurgit instantanément.

Mais rien n'était encore sûr. Seulement troublant.

— *Please, mister?*

Les Japonais. Bolan les avait presque oubliés. Il filma au hasard, rendit l'appareil au couple, reçut des milliards de courbettes en remerciement et il se fondit dans la foule.

En une seconde, sa décision était prise.

Il griffonna quelques lignes sur une carte publicitaire, héla un gamin dont il n'était pas bien sûr qu'il soit assez loin des sacs des touristes pour être tout à fait honnête.

— Eh, toi! dit-il. Est-ce que tu veux gagner dix mille lires?

Le jeune Italien le toisa comme s'il débarquait de la planète Mars. Puis, l'air roublard, il déclara :

— Ça dépend qui je dois tuer.

Bolan esquissa une ombre de sourire froid, lui tendit le papier accompagné de cinq mille lires en lui décrivant le Yougoslave.

— Tu lui réclames les autres cinq mille lires en échange de cette carte. De la part de Mr. Max. S'il te demande où tu m'as vu, tu lui réponds à la Fontaine de Trévi. D'accord?

L'autre le regarda de travers, sembla peser le pour et le compte, dut finir par se dire que la moitié de la prime promise, c'était déjà ça et s'empara du tout avec la rapacité d'un vautour.

— D'accord, renvoya-t-il.

Dix secondes plus tard, il avait traversé la moitié de la place.

De son côté, l'Exécuteur s'était déjà transporté à proximité du débouché de la Via dei Condotti. De là, il pouvait à la fois surveiller les escaliers, la voiture de Trisin et celle des deux autres types.

Des trois autres types.

Parce qu'un troisième homme était resté à bord de la Regata. Le chauffeur. Immobile, celui-ci fumait une cigarette, un coude négligemment posé sur le rebord de la glace de portière.

Bizarre, bizarre.

De loin, l'Exécuteur avait vu le gamin rejoindre le Yougoslave et se mettre à discuter avec lui. Mais il y avait foule et le maigre éclairage de la place ne permettait pas de tout suivre avec précision. Pourtant, c'est avec un certain soulagement qu'il vit Trisin se fouiller pour remettre quelque chose au garçon qui s'en alla aussitôt. Puis il vit le Yougoslave lire la carte, relever les yeux dans le vague et, après une hésitation, se mettre à redescendre les marches en direction de la place. Du coin de l'œil, Bolan surveillait ceux de la voiture. Toujours occupés à lorgner les vitrines... de prêt-à-porter féminin.

Etrange.

Pourtant, de son côté, Trisin semblait suivre les instructions écrites de Bolan. Traversant la place, il passa à quelques mètres seulement des deux suspects et, sans un regard pour eux ni le chauffeur de la Regata, délaissant sa voiture comme Bolan le lui avait écrit, il se mit à descendre la Via dei Condotti d'un pas de promeneur. Mais il n'était pas encore arrivé au niveau de la boutique Gucci que les deux types se détachèrent enfin de leurs vitrines pour se précipiter à sa suite.

L'instinct de Bolan ne l'avait pas trompé.

D'ailleurs, un des types venait de monter dans la Regata et cette dernière démarrait pour s'échapper par la place. Quant à l'autre type, il suivait toujours Trisin à distance respectueuse.

Malgré l'heure tardive, il y avait foule dans la Via dei Condotti et l'Exécuteur devait faire des miracles pour garder le contact tout en restant assez loin. Une partie de la vie nocturne de Rome se déroulait ici et beaucoup de boutiques étaient encore ouvertes. Par acquit de conscience, Bolan s'arrêtait fréquemment pour dépister une éventuelle filature double, mais la Regata n'avait pas reparu et l'inconnu suivait toujours Trisin.

Un Trisin qui semblait maintenant nerveux.

Il avait forcément compris le but de Bolan et, sans doute afin de lui prouver sa bonne foi, il s'arrêtait souvent devant les vitrines. Maintenant, Bolan était presque obligé de jouer des coudes pour avancer. Emergeant au-dessus de la foule, deux interminables silhouettes habillées de beige apparurent soudain, sommées de casquettes plates de même couleur. Deux *carabinieri*. Avec baudriers de cuir blanc, bottes noires et sabre rutilant au côté. Superbement indifférents aux dizaines de flashes qui s'étaient mis à crépiter autour d'eux, ils avançaient, lentement mais sûrement, tels deux étranges brise-glace lancés à l'assaut de la banquise. Devant Bolan, Trisin s'était arrêté pour les regarder et au passage, l'Exécuteur le vit essayer de surprendre un éventuel suiveur. En vain, celui-ci s'était également arrêté et faisait semblant de s'intéresser aussi aux carabiniers.

Un arrêt général qui changea tout.

Car à cet instant, l'Exécuteur aperçut le type. Celui qu'il avait vu remonter dans la Regata. Le plus costaud. Avec un crâne un peu dégarni et une bouche si mince qu'on aurait dit qu'il n'en avait pas. Mais ce fut surtout son regard que Bolan remarqua en premier. Noir, fixe, glacé.

Un regard de tueur.

Venant à sa rencontre et complètement indifférent aux *carabinieri*, il avançait comme un char à l'assaut d'une place forte. Il fit encore trois pas, bouscula un groupe de touristes et ils ne furent bientôt plus qu'à deux mètres l'un de l'autre. A la même seconde, l'Exécuteur vit la main du type sortir de sous sa veste et une poussée d'adrénaline se rua dans ses artères. Dans la main, il y avait un long objet noir. Une sorte de pistolet futuriste dont le canon très fin était braqué sur le ventre de Bolan.

Englué dans la foule, l'Exécuteur réagit avec une fraction de seconde de retard sur le geste de l'autre. Comme dans un film d'horreur passé au ralenti, il vit l'expression du type se durcir encore, tandis que son index s'enroulait autour de la détente et il comprit tout.

Il était tombé dans un piège.
Et il allait mourir.

CHAPITRE VII

Le tueur venait de croiser les deux carabiniers. Il allait tirer et l'Exécuteur allait mourir.

Il en eut instantanément la conviction, pourtant, comme chaque fois que le danger s'affichait en face de lui, il n'éprouva ni peur ni colère.

Juste un regret.

Celui de n'avoir pu accomplir son œuvre de vengeance jusqu'à son terme. Mais à la même seconde, alors que l'index du tueur pâlissait sur la détente de l'automatique, l'idée de sa mort imminente lui fut insupportable. Mourir pour mourir, il fallait se battre. Jusqu'au bout. En guerrier que ni la détermination de l'ennemi ni la mort n'arrêtent. Il expérimenta encore une fois le plus vieux truc du monde.

Le regard derrière le type.

Un simple regard un peu surpris, comme si quelqu'un arrivait dans le dos de l'autre pour le frapper. Et le truc fonctionna. Le tueur marqua une imperceptible hésitation et son regard glissa une fraction de temps sur sa gauche.

Alors, fulgurant comme la morsure du cobra, l'Exécuteur bondit. Dans le même temps, le poignard de para était venu comme par enchantement se loger dans sa paume et, la lame bien cachée près du corps, il fit le dernier pas qui le séparait du tueur.

Si vite que l'autre n'avait même pas fini de tourner les yeux quand l'acier tranchant comme un rasoir lui sectionna le poignet.

Celui qui tenait l'arme.

Le type poussa une espèce de feulement, ouvrit de grands yeux effarés, considéra Bolan comme s'il avait affaire au diable, puis, il s'aperçut que sa main droite ne répondait plus et il baissa les yeux sur son poignet.

Tranché au niveau de l'articulation comme un vulgaire morceau de boucherie, il perdait son sang à gros bouillons. Un petit coup vicieux que l'Exécuteur réussissait toujours très bien. Sectionnés nets, les tendons du tueur ne répondaient plus et il n'eut même pas un geste quand la main de l'Exécuteur lui arracha l'insolite pistolet. Dans la même fraction de seconde, la lame de Bolan avait de nouveau plongé.

Dans le foie de l'inconnu.

Alors, le cri jaillit de la gorge du tueur.

Un cri bref et sourd qui fit retourner plusieurs têtes dans leur direction. Le temps d'un éclair, l'Exécuteur avait déjà géré la situation. A moins de dix mètres devant, les deux *carabinieri* s'étaient également retournés. Heureusement, la foule était encore dense et ils ne pouvaient savoir exactement d'où venait le cri. Pendant ce temps, l'Exécuteur avait déjà repéré la petite rue perpendiculaire. Avec l'air de ne rien avoir entendu, il s'écarta du tueur qui commençait à plier sur ses jambes, comprimant son foie à deux mains. Pour le moment, on pouvait encore croire à un quelconque malaise, mais déjà, le sang qui coulait à la fois de son poignet et de son flanc commençait à tacher le sol.

Le tueur était virtuellement mort.

Déjà, l'Exécuteur suivait son idée. Tendu et prêt à tout, vérifiant du coin de l'œil que l'autre inconnu avait disparu à la suite de Trisin, il s'enfonçait dans la petite rue perpendiculaire. La Via Mario di Fiori. Il faillit se faire rentrer dedans par un scooter qui débouchait en trombe, ignora les injures des deux garçons qui occupaient l'engin, passa devant un marchand de fleurs qui pliait son étal et son regard tomba sur les feux de position de la voiture.

La Regata !

Il était sûr qu'il s'agissait de la même, garée au bout de la petite rue, avec un seul homme à bord. Le chauffeur.

Cette fois, le contact était établi.

Mais pas exactement comme les autres avaient dû l'imaginer. Maintenant, l'Exécuteur bénéficiait de deux avantages : d'une part, il se savait repéré, d'autre part, son statut avait changé en quelques secondes. De gibier, il était devenu chasseur. Il ignorait seulement si ceux d'en face connaissaient son identité. Peu probable. Il ne l'avait pas donnée au Yougoslave. Mais une chose était certaine, pour une raison ou pour une autre, ce dernier était dans le collimateur de ces types. Restait à savoir si Trisin le savait et tout cela avait un quelconque rapport avec l'affaire qui avait amené Bolan à Rome.

Très peu probable. Trop tôt.

Mais pour en savoir plus, il fallait poser des questions. Ce que l'Exécuteur décida aussitôt de faire. A sa manière très spéciale, c'est-à-dire, sans courtoisie excessive. Mais assez loin d'ici, car le cadavre de l'inconnu n'était pas passé inaperçu. Des cris montaient de la Via dei Condotti et la police allait réagir. Dans cinq minutes, le quartier risquait d'être bouclé.

Alors, adoptant un pas de promeneur, la main enfouie sous son blouson et le doigt posé sur la détente de l'étrange pistolet, l'Exécuteur se dirigea résolument vers la Regata. Il y arriva, remonta vers la portière arrière gauche et d'un coup, ouvrit cette dernière à la volée.

Croyant sans doute au retour d'un de ses complices, le chauffeur ne tourna pas la tête tout de suite.

— Pas bouger, connard!

L'Exécuteur avait parlé en italien. Mais même dans la langue du bel canto, sa voix conservait le froid de la glace. Aussi glacée que l'extrémité du petit canon qu'il avait enfoncé dans la nuque du type. Un gros costaud dont les cheveux gras et filasse tombaient sur le col de sa veste sombre. L'intéressé émit un gargouillis déplaisant, eut un soubresaut, se tassa d'un coup, complètement statufié, les deux mains sur son volant. L'Exécuteur se pencha, envoya une main sous la veste du type, subtilisa un superbe petit Sig-Sauer P.225 9 mm Parabellum.

Au pays du Beretta !

Fourrant l'arme dans sa ceinture, l'Exécuteur lança :

— Démarre.

Sa voix d'outre-tombe ne laissait pas d'alternative.

Sans un mot, le type passa la première et la Regata se décolla du trottoir. Mais à cet instant, une haute silhouette à face blême surgit d'une rue adjacente, plongeant sur la voiture pour en arracher presque la portière avant droite. Sans voir Bolan, le type s'était déjà jeté sur le siège en criant :

— Qu'est-ce que tu fous, bordel !

Le deuxième type de la Regata !

L'arrivant n'avait pas terminé sa phrase que comme par enchantement, le petit canon de l'arme étrange s'était retourné dans sa direction.

— Pas bouger, gronda la voix sépulcrale de l'Exécuteur.

Mais l'intrus ne devait sans doute pas tenir autant à la vie que son chauffeur. Comme piqué par un insecte, il sursauta sur son siège et, lâchant un grognement râpeux, il lança la main vers l'intérieur de sa veste.

Ce fut son dernier geste conscient.

L'Exécuteur avait enfoncé la détente de l'étrange pistolet. Tressautant à peine dans sa main, ce dernier fit entendre un petit « flop » ridicule et le teigneux ouvrit une bouche démesurée, tandis que son regard bovin s'agrandissait de saisissement. Puis il poussa un bref soupir, se tassa sur son siège et sa bouche laissa échapper un filet de bave.

A la fixité soudaine de son regard, on pouvait aisément imaginer qu'il était quasi mort. L'Exécuteur fronça les sourcils, puis, désignant l'insolite pistolet, il gronda à l'adresse du chauffeur :

— Qu'est-ce que c'est, cette merde ?

— Je... je sais pas... peut-être du cyanure, *signore*! Je... je suis que le chauffeur, moi !

Il en claquait des dents, le pauvre chauffeur. Pas vraiment un foudre de guerre.

— O.K., jeta l'Exécuteur en se penchant pour refermer la portière du mort. C'est comment, ton nom ?

— Sta... Stani !

Bolan avait délesté l'autre face blême de son flingue. Un beau 38 Smith & Wesson automatique avec lequel il se mit à jouer distraitement tout en lançant au chauffeur :

— C'est bien, Stani. Maintenant, roule. Je t'indiquerai le chemin.

— *Si, signore! si!*

Avec des précautions de nounou qui firent sourire Bolan, le gros Stani fit bientôt déboucher la Regata dans le Corso.

— A droite, lança Bolan. Et fais gaffe à tes gestes.

— *Si*, fit l'autre en secouant la tête. *Si, signore*.

Un moment plus tard, la voiture s'engageait sur le Ponte Cavour et traversait le Tibre en direction du palais de Justice.

— Prends le quai, commanda encore l'Exécuteur. Roule doucement.

— *Si, si, signore!*

Il parlait bien l'italien... l'Italien. Mais il connaissait visiblement peu de mots. Maintenant, la Regata roulait sur le Lungotevere Prati. Elle passa bientôt devant le Château Saint Ange dont on venait de restaurer la statue en bronze du sommet. Bolan enfonça un peu plus le mince canon dans la nuque du chauffeur.

— A droite, ordonna-t-il de sa voix glacée.

La Regata tourna sur la Piazza di Rovere, enfila une petite voie bordée sur la droite par un parc.

— Tout droit, commanda l'Exécuteur.

— *Si! Si, signore!*

Mais l'Exécuteur ne relâchait pas sa méfiance. Par expérience, il savait combien on doit se méfier des peureux. Quand les nerfs les lâchaient, ils étaient capables des actes les plus désespérés. De trouille, il n'en regardait même plus son rétro. Le choc nerveux passé, des tas de questions devaient se bousculer sous son crâne épais. La circulation dans ce secteur de Rome était quasi nulle et ici, la pollution semblait une idée absurde. On était près du Vatican et le saint lieu ne pouvait qu'être pur.

— Roule doucement, intima encore l'Exécuteur. Tout droit.

Il venait de jeter un regard par la lunette arrière, mais à part une petite Ford XR3I, aucun véhicule ne semblait les suivre. Devant l'Exécuteur, le chauffeur semblait complètement abattu. Sans doute le cadavre de son pote y était-il pour quelque chose. Avec sa replète carcasse de lutteur de foire, sa grosse tête ronde penchée légèrement en avant sous la poussée du mince canon, il ressemblait à un idiot de village cherchant à comprendre. D'une voix chevrotante, il questionna soudain :

— Qui tu es ? Qu'est-ce que tu veux ?

— Tu causeras quand je poserai des questions, gronda l'Exécuteur. Pour le moment, tu la fermes.

L'autre déglutit péniblement avant de hasarder :

— T'as tort de faire ça, mec. Tu sais pas à qui tu t'attaques.

— Exact, reconnut Bolan. Je compte justement sur toi pour me le dire.

— Je... je dirai rien.

D'un sec mouvement du poignet, l'Exécuteur abattit le mince canon sur l'oreille du type, arrachant un morceau de lobe au passage avec le point de mire. Le gros couina de douleur, porta la main à son oreille, la ramena pleine de sang.

— Vous êtes dingue ! gémit-il. Je vous ai rien fait, moi !

— Encore exact, dit l'Exécuteur. Mais faut pas me contrarier. Si ça arrive encore une fois, je t'envoie une de ces petites bastos au cyanure.

Il désigna le mort du canon de l'arme.
— Tu vois le résultat, hein?

Cette fois, le chauffeur se contenta d'un grognement. L'oreille, ça faisait toujours très mal. Et ça calmait. Pendant ce temps, la Regata approchait des remparts ouest de la ville. Elle allait précisément s'engager dans l'allée conduisant à la Piazzale Garibaldi, quand soudain, un grondement s'éleva sur la gauche de la voiture et une moto surgit dans un vacarme d'enfer.

Avec deux hommes à bord.

Le temps d'un éclair, l'Exécuteur intercepta le regard du chauffeur dans le rétro. Un regard si soudainement changé qu'il comprit instantanément.

Mais il était trop tard.

Dans la lueur des phares, Bolan avait vu briller l'acier de l'arme. Un PM dont le trou noir du canon était braqué sur lui.

Cette fois, il n'avait aucune chance.

CHAPITRE VIII

L'Exécuteur n'avait qu'un quart de seconde pour réagir.

Encore une fois, ce fut son instinct qui prit le relais. Comme un fou, il avait plongé en avant et agrippé le frein à main. Il tira violemment le levier à lui et les pneus de la voiture hurlèrent sur l'asphalte. Paniqué, le chauffeur avait voulu donner un coup de volant à gauche. Déstabilisée en dérapage incontrôlé, la Regata parut sur le point de s'arrêter, mais emportée par son élan, elle glissa en avant, tourna sur la gauche et, d'un coup, elle se mit à tourner sur elle-même comme une toupie folle. L'Exécuteur entendit une série de détonations sèches, puis il y eut un choc sur la gauche, suivi d'un cri.

L'Exécuteur sentit son crâne percuter le montant de portière. Il vit des éclairs, résista, tint finalement bon. Déjà, il avait attrapé la crosse du Sig-Sauer et braqué l'arme vers sa glace. Mais alors qu'il allait abaisser celle-ci et que la Regata achevait enfin sa course démente contre un trottoir, il se rendit compte qu'il n'avait plus personne sur qui tirer.

La moto avait disparu.

A cet instant, l'Exécuteur douta qu'il se soit vraiment passé quelque chose. Mais alors qu'il achevait d'abaisser sa glace, des cris s'élevèrent quelque part derrière eux et il localisa le deux-roues. Ejectée sur la pelouse, la moto pointait son phare miraculeusement intact vers la cime des arbres. Encore un peu secoué par son coup au crâne, l'Exécuteur vérifia qu'aucune voiture ne survenait. Alors, ouvrant à demi la portière, il visa et tira trois fois.

Une dans chaque blessé, la troisième dans le phare récalcitrant. Puis, reclaquant la portière, il ordonna de sa voix sépulcrale :

— Roule.
— *Si! Si, signore!*

Stani relança la voiture et, miracle, celle-ci repartit vaillamment. Juste au moment où quelques phares s'annonçaient du côté de la Piazzale Garibaldi. Brusquement, comme soudain galvanisé par ces lumières qui s'approchaient, le chauffeur lâcha son volant, pesa sur la poignée de sa portière, prêt à se jeter dehors. Mais l'Exécuteur connaissait ce genre de réaction. Sa main gauche partit comme une flèche et ses doigts crochèrent dans la tignasse grasse à la manière des serres d'un aigle.

— Tss, tss! fit-il entre ses dents serrées.

Dans le même temps, il avait violemment tiré la tête du type en arrière, lui collant carrément le mince canon dans l'oreille déjà blessée. Stani couina, émit une sorte de hoquet, reprit instantanément sa conduite. Un peu trop rapide et beaucoup trop heurtée au goût de l'Exécuteur. Derrière, le lieu de l'incident avait disparu.

— Doucement, lança Bolan. A la moindre connerie, je te flingue. Juré.

Il avait donné à sa voix sépulcrale toute la menace dont elle était capable. L'autre battit nerveusement des paupières, releva enfin le pied. Maintenant, la circulation était beaucoup plus calme et la Regata roula sans encombre jusqu'aux limites de la Villa Doria Pamphili. Un coin désert à souhait, où l'Exécuteur put enfin faire stopper la voiture.

— Coupe le moteur, ordonna l'Exécuteur.

Le silence qui suivit était presque douloureux. Bolan enfonça un peu plus le canon de l'insolite pistolet dans l'oreille du chauffeur, souffla de sa voix sépulcrale:

— Tu trouves pas qu'on est mieux comme ça?

L'autre n'eut même pas le courage de répondre. Ses deux mains tremblaient sur le volant et il claquait presque des dents. La violence à laquelle il venait d'être confronté ne devait pas représenter son ordinaire.

Ils se trouvaient dans une voie quasiment déserte, bordée d'un côté par un haut mur et de l'autre par des terrains en friche. L'unique construction du secteur était précisément la Villa Doria Pamphili. Et très loin. De toute façon, les touristes ne venaient pas ici la nuit.

— Voilà, reprit doucement l'Exécuteur en

détachant bien ses mots. Maintenant, il va falloir tout me dire, mon petit Stani.

L'intéressé parut s'éveiller d'un cauchemar pour retomber dans un autre. D'une voix mourante, il questionna :

— Tout... quoi ?
— Tout.
— Je... moi, je sais presque rien ! C'était lui, gémit le chauffeur en lançant un regard en biais vers son collègue mort. C'est à lui que le boss...
— Justement, coupa Bolan. Ton boss, il s'appelle comment ?
— Je... si je parle...
— Si tu ne parles pas, imbécile, c'est maintenant que tu vas mourir.
— Je vous jure que...
— Ça va ! coupa encore l'Exécuteur. Viens un peu par là.

A leur arrivée, il avait aperçu une brêche dans le haut mur gris. Il fallait frapper fort. Comme savaient le faire les spécialistes de l'interrogatoire sous tous les régimes du monde. Et pour cela, rien de tel qu'un simulacre d'exécution. De *vraie* exécution. Genre poteau et peloton. Ce soir, en l'absence de ces deux éléments, l'Exécuteur en avait trouvé un troisième.

Un mur.

Terrible ce qu'un mur pouvait aussi symboliser le peloton d'exécution.

— Sors, gronda l'Exécuteur. Vite.

D'un petit coup de crosse vicieux, Bolan avait déchiré le cuir chevelu du pourri, l'obligeant cette fois à ouvrir sa portière. Gémissant de trouille, le chauffeur se laissa pousser sans résistance et ils franchirent la brèche. Derrière, il y avait l'amorce d'un sentier que Bolan ignora. La nuit était claire et bientôt, les troncs des arbres se découpèrent sur le fond du ciel. Un ciel légèrement orangé à cause des lumières de Rome. Dans cette ambiance fantomatique, le moral de l'Italien ne devait pas être au beau fixe. L'Exécuteur en profita. Le poussant face contre le mur, il fit volontairement claquer la culasse du Sig-Sauer avant de lâcher d'un ton glacial :

— Tu réponds à mes questions, tu survis peut-être. Tu mens une seule fois, je t'envoie la sauce dans les reins. Et salut la colonne vertébrale. Même pas le temps de faire ta prière.

— Je... je vous l'ai dit, je sais presque rien. Le chef...

— Ton nom ? coupa l'Exécuteur.

Histoire d'entamer le processus questions-réponses. Il fallait toujours commencer par les sujets anodins. Tous les flics savaient cela. Tous les tortionnaires aussi.

— Ton nom !
— Stani ! Je l'ai déjà...
— Ton patronyme, abruti !

L'autre était si terrorisé qu'il n'arrivait même plus à parler.

— Je... Stani Carletta.

C'était parti.

— Les noms de tes copains ?
— Je... pourquoi ?

99

— Pour les couronnes, connard. Vite! Leurs noms!

Ça, c'était pour abattre les dernières barrières.

— Je... Tramani et Casta. Casta, c'est celui-là, précisa-t-il en osant à peine regarder son voisin de siège.

— C'est bien, coupa Bolan. Maintenant, le nom de ton boss?

— Mon boss, soupira Stani Carletta, c'était lui.

Il venait de désigner le mort. Bolan gronda:

— Dis pas de conneries, Stani.

— Je jure que c'est vrai, merde! se mit presque à pleurer le chauffeur. Mon boss, c'était lui. C'est à lui seul que je rendais les comptes et c'est lui qui me payait. Je ne connaissais que lui et Tramani! Et puis moi, je suis juste le chauffeur. Je ne savais même pas ce qu'ils devaient faire exactement.

Autrement dit, ce n'étaient que des flingueurs à la tâche. Des minables.

— O.K., O.K.! coupa Bolan. Alors, c'est le nom de son boss à lui, que je veux. Ou si tu préfères, le nom de celui qui l'a commandité sur ce coup merdeux.

— Je sais rien de plus, s'entêta Stani.

Bolan savait qu'il mentait. Et qu'il avait très peur. Aussi fut-ce d'une voix presque douce qu'il précisa:

— Ecoute, Stani. Tu me donnes ce nom et tout va bien, ou tu continues à faire le con et tu t'en prends une. D'accord?

— Non! gémit soudain le chauffeur en se tordant de trouille. Vous faites chier, merde! Si j'en dis plus, ils vont m'égorger!

— C'est ce qui pourrait t'arriver de mieux. Songe qu'avec la colonne pétée, tu peux survivre, mais rester dans un fauteuil roulant pour le reste de tes jours. Alors, choisis. Mais vite.

Le chauffeur hésita un assez long moment et ce fut le bruit de la culasse de nouveau actionnée par Bolan qui le décida soudain:

— Bon, laissa-t-il enfin tomber dans un souffle d'agonisant. En principe, moi, je sais jamais qui sont nos clients. Jamais les mêmes...

— Arrête, Stani!

— Casamora, merde! cria soudain le minable. Michele Casamora! C'est lui, le commanditaire de ce contrat à la con! C'est juste parce que j'ai entendu Casta le prononcer au téléphone quand il croyait être seul.

Il marqua un temps, eut une sorte de hoquet, comme un sanglot sec qui n'arriverait pas à s'extérioriser, puis, d'un ton résigné, il lâcha:

— De toute façon, c'est foutu pour moi. Après un coup aussi foireux, ils finiront par me flinguer.

— Les hommes de Casamora?

Hochement de tête du chauffeur.

— C'est comme ça qu'il punit, Casa.

Un autre silence, puis, de nouveau Bolan:

— Bon. Et comment on le trouve, ce Casa, comme tu dis?

De saisissement, l'autre se tourna de profil pour s'exclamer:

— Vous êtes dingue !
— Pourquoi ?

Pour la première fois depuis leur rencontre, l'Italien fut secoué par un petit rire. Un rire bref et très fatigué, mais un rire quand même.

— On voit bien que vous venez de la planète Mars, vous. Casamora, laissa-t-il tomber plein d'une morgue nouvelle, vous l'aurez jamais. Il est si riche et si puissant que même les gouvernements ont tous plié devant lui.

Il en semblait fier, l'imbécile.

— Mais encore ?
— Plus protégé qu'un chef d'État, Casamora. Ne se déplace qu'en Mercedes blindée. Mais comme il en a trois, on ne sait jamais dans laquelle il se trouve. Sa villa de Velletri est une vraie forteresse et...

Mais l'Exécuteur n'écoutait plus qu'à demi.

Velletri ! Le chauffeur avait dit Velletri.

— Tu as dit Velletri ?
— Ben... oui.
— Parle-moi un peu plus de ce Casamora. Officiellement, c'est quoi, son job ?

En réalité, l'Exécuteur se moquait de la réponse du pourri. Tous ces renseignements, il les avait déjà eus sur la liste de Brognola. Ce qu'il voulait savoir, c'était :

— Pourquoi il voulait me faire flinguer, Casamora ?

Cette fois, le chauffeur tourna carrément la tête pour le toiser avec étonnement.

— Alors là, fit-il comme s'il parlait soudain de quelqu'un d'autre, là, vous pouvez me buter tout de suite. Parce que la raison du flingage, personne ne me l'a donnée.

Bolan le voyait mal, mais il comprit qu'il ne bluffait pas. Sans insister, il hocha la tête et, abaissant le canon du Sig-Sauer, il lâcha dans un soupir :

— O.K., Stani.

Puis, alors que l'Italien retenait son souffle dans l'attente du coup de feu qui allait briser sa colonne vertébrale, il entendit la voix d'outre-tombe déclarer :

— Tu peux dire que tu l'as bordé de nouilles, toi.

— Pas toi, connard !

Un autre que l'Exécuteur aurait sursauté. Voire même aussi lâché un ou deux pruneaux paniqués dans la nature. Simples réactions bien compréhensibles dans de telles circonstances. Mais Mack Bolan était d'une autre trempe. Pas un cil ne frémit chez lui et le canon du Sig-Sauer n'avait pas dévié d'un pouce.

Car cette voix, il l'avait parfaitement reconnue.

— Alors, connard ! fit de nouveau la voix en question. Tu roules moins des mécaniques ?

Bolan eut une esquisse de sourire. Cette voix-là était celle de quelqu'un qui crevait de trouille. Et pour cause. Son propriétaire venait tout juste d'aller voir la mort en face.

De très près.

C'est alors que la haute silhouette entra dans la zone éclairée par la lune et que l'Exécuteur distingua un canon d'arme braqué sur lui et plus haut, une face blême où luisaient deux petites taches sombres à la place des yeux. Une face qu'il reconnaissait aussi bien que la voix.

Celle de Casta.

Le pourri qu'il avait tué au cyanure!

CHAPITRE IX

L'orifice noir du 38 Special Smith & Wesson était toujours braqué sur l'Exécuteur. Celui qu'il avait trouvé sur le corps de Casta et laissé ensuite sur la banquette arrière de la voiture. Bolan esquissa l'ombre d'un sourire polaire et sa voix d'outre-tombe s'éleva à l'adresse du miraculé :

— Je te croyais mort.

— Connard, ricana Casta en relevant le canon de son arme. En fait de cyanure, mon petit gadget ne contient que de minuscules charges d'un produit cataleptique très spécial.

— Bravo! lança sincèrement l'Exécuteur. C'était parfait.

Il faudrait qu'il soumette cette idée à ce vieil Herman Schwarz. En attendant, il avait encore du pain sur la planche.

— O.K., dit-il. Tu n'es pas mort. Qu'est-ce qu'on fait, maintenant?

Un semblant de sourire assez hideux effleura les lèvres décolorées du grand Casta.

— Maintenant, répondit-il, c'est toi qui dis

qui tu es et c'est toi qui nous dis pourquoi tu voulais cette liste ?

On y était !

— Ça m'étonnerait, renvoya Bolan.

Les sourcils du grand, Casta remontèrent sur son front cireux.

— Qu'est-ce qui t'étonnerait ?
— Que je te réponde.
— Hein ?

De plus en plus menaçant, le pourri avait encore une fois relevé le canon de son 38. L'Exécuteur secoua la tête avec commisération, lâcha sur un ton de pitié :

— Ce que tu peux être con, mon pauvre Casta !
— Hein !

Il crut que l'autre allait appuyer sur la détente. D'ailleurs, à cet instant, Stani le chauffeur l'y encouragea fortement :

— Vas-y, Casta ! Vas-y ! Flingue-le, ce grand fumier !

Il se vengeait de sa trouille passée et, sans le savoir, il venait de l'appeler par le surnom peu élogieux que lui avait donné la mafia depuis longtemps. L'Exécuteur secoua de nouveau la tête.

— Te fais pas d'illusions, Stani, lâcha-t-il de sa voix sépulcrale. Casta, il ne me flinguera pas.
— Hein ?

Encore Casta. Il faisait dans le dialogue sobre. Bolan lui sourit à son tour.

— Pas vrai, Casta, que tu me buteras pas ?

Malgré l'obscurité, l'Exécuteur voyait nettement des éclairs sauvages fulgurer dans les petits yeux méchants de la brute.

— Qu'est-ce que tu racontes, connard ? s'énerva-t-il soudain. Pourquoi je pourrais pas te buter ?

— D'abord, fit Bolan, tu devrais arrêter de m'appeler connard.

— Pourquoi ? ricana Casta. C'est pas ton nom ?

— Négatif, renvoya l'Exécuteur.

Un rictus étira la bouche sans lèvres du flingueur ressuscité.

— Alors, c'est comment, ton nom ?

— Bolan, laissa tomber l'Exécuteur, Mack Bolan.

— Hein !

Cette fois, les deux pourris s'étaient exclamés en même temps. Mais dans la foulée, le chauffeur replet s'était littéralement catapulté en arrière. En plein dans le mur qui parut le renvoyer comme une balle de tennis. En cognant la pierre, sa tête avait sinistrement résonné à vide et maintenant, il restait là, hébété, les bras tout mous le long du corps.

— Tu... t'es quand même pas... Bolan le Fumier ! s'étouffa alors le nommé Casta.

— Si.

— Tu pourrais me répéter ça ?

— Mon nom est Mack Bolan, répéta calmement l'Exécuteur.

— Merde ! s'exclama encore la brute. T'entends, Stani ? T'entends ?

Il en exultait, le monstre blême. Mais de son

côté, le chauffeur avait soudain le triomphe beaucoup plus modeste. Toujours inerte comme un épouvantail, il considérait Bolan comme s'il voyait un extraterrestre. Pour un peu, il en aurait pleuré de trouille. Soudain, un grand rire grinçant résonna dans la nuit. Casta décompressait d'un coup. Il venait de piéger le grand Fumier! Lui, Casta!

— T'as peut-être tort de pavoiser, lâcha Bolan d'un ton sinistre.

— Hein? Pourquoi?

Le flingueur s'était soudain contracté et le canon de son arme avait frémi.

— Pourquoi tu dis ça? questionna-t-il d'une voix soudain plus aiguë.

Bolan le sentait prêt à tirer. Toujours aussi calme, il fit remarquer:

— Parce que je t'ai dit tout à l'heure que tu ne pouvais pas me flinguer et ça n'a pas changé depuis.

Dépassé à la fois par sa chance de tenir le grand Fumier au bout de son canon et le stress de la situation, Casta ne savait plus où donner du raisonnement. Finalement, n'y tenant plus, il cria presque:

— Bon! Alors, dis-le, pourquoi je pourrais pas te flinguer!

L'Exécuteur lui envoya une autre esquisse de sourire froid, laissa tomber:

— La première raison, c'est que tout à l'heure, en ville, l'autre abruti m'a braqué avec ça.

Il montrait le petit automatique à la forme étrange.

— Or, poursuivit-il, s'il m'a braqué avec ça, c'est que vous aviez reçu l'ordre, non pas de me tuer, mais celui de m'endormir discrètement. Genre malaise du bon copain en pleine rue et qu'on ramène à la maison.

Douché, Casta sourcilla.

— Et la deuxième raison ?

Cette fois, l'ombre de sourire de l'Exécuteur s'élargit, puis d'un coup de menton il désigna le 38 que braquait Casta en déclarant tranquillement :

— La deuxième raison, c'est que ton pétard est complètement vide, pauvre pomme.

— Hein !

Il avait réellement une conversation folle, le flingueur.

— Je l'ai déchargé pendant que tu dormais.

Tandis que l'autre blêmissait encore sous le choc, l'Exécuteur marqua un temps avant de préciser :

— Parce que je le savais, que tu dormais, figure-toi. Des morts, tu sais, j'en ai fait assez autour de moi pour savoir les reconnaître.

— Tu bluffes.

Bolan n'avait jamais autant souri de sa vie. Il ironisa froidement :

— Vérifie.

Casta hésita, puis, comme à regret, il enfonça la détente du Smith & Wesson. Sans même vraiment viser Bolan. Cela fit un ridicule petit « clic » et il répéta l'opération. Trois fois. Juste par acquit de conscience. Dégoûté, il esquissa le geste de laisser tomber l'automatique dans l'herbe sèche mais, à la dernière seconde, tentant son va-tout comme on se suicide, il plongea en avant avec un cri sourd. Un coup de bélier qui aurait défoncé la cage thoracique de l'Exécuteur s'il était arrivé à destination. Hélas pour le pourri, son crâne ne rencontra que le vide. D'une esquive du buste, Bolan s'était légèrement glissé de côté. Au passage, son pied droit et son bras droit se détendirent en même temps. Déséquilibré, l'autre chuta en avant et reçut le coup de crosse sur la tempe avant de s'écrouler devant Bolan. Sonné, il se laissa traîner contre le mur, à côté du chauffeur. Littéralement dépassé, celui-ci grelottait de panique. L'Exécuteur les laissa mariner dans leur jus puis, voyant Casta reprendre connaissance, il proposa d'une voix presque désenchantée :

— Je vais vous laisser une chance. A tous les deux.

Casta ne dit rien, mais le chauffeur se redressa, galvanisé.

— Oui! dit-il. Oui, tu peux compter sur nous, Bolan. Tu peux vraiment compter sur nous.

— Ta gueule, grogna Casta en se redressant péniblement. Il fait jamais de cadeaux, ce grand con.

Il fallait un certain courage pour insulter l'Exécuteur dans sa position. Bolan hocha la tête, acquiesça :

— En principe, tu as raison. Mais si tu me connaissais mieux, tu saurais que je fais des exceptions.

— C'est vrai! intervint fiévreusement Stani.

C'est vrai! J'ai entendu dire ça! Il est réglo, Casta! Réglo, merde!

— Ta gueule, répéta la brute.

— Ton copain a raison, renchérit l'Exécuteur. Si vous répondez à toutes mes questions, tu as ma parole que je vous fous la paix. Ce n'est pas vous qui m'intéressez.

— C'est vrai! s'écria encore le chauffeur qui sentait l'espoir grandir en lui. C'est vrai qu'on est rien, nous, merde!

— Ta gueule, empaffé, gronda Casta.

Il hésita puis, levant les yeux sur Bolan, il insista:

— T'as donné ta parole?
— Affirmatif.

La brute soupira:

— Alors, pose tes putains de questions à la con.

Durant la minute qui suivit, l'Exécuteur entreprit de comparer la liste de Brognola avec ce que les deux pourris lui lâchèrent. En gros, ça correspondait. Il les regarda tour à tour, se demanda fugitivement pourquoi il n'arrivait pas vraiment à avoir pitié d'eux, chassa cette question idiote de son esprit et demanda:

— Pourquoi m'endormir plutôt que me tuer?
— Quand Trisin a dit à Casamora qu'un type cherchait à établir la liste de tous les *amici* du secteur, il s'est dit qu'il avait peut-être affaire à un flic. Alors, il a préféré t'enlever pour te cuisiner. Pour savoir quel genre d'opérations futures était programmé par ici.

La brute secoua la tête.

— Après, dit-il, il nous aurait sûrement commandé de te faire disparaître.

Sûrement. Maintenant, la mafia assassinait même des juges. Alors, un flic...

— Qui était chargé de m'interroger ?

— Des spécialistes de la famille Casta. Nous, on devait juste te livrer et surveiller le secteur pendant l'interrogatoire.

— Bigre ! Tout ce travail... j'espère au moins que vous étiez bien payés. Où deviez-vous m'emmener ?

— Une baraque. Une ancienne ferme viticole. Pas loin.

— Précise un peu.

— A Genzano. C'est au sud de Rome. Dans la montagne. On y va par Castel Gandolfo.

— Précise encore.

— Quoi ?

— Tout. Les moindres détails. Achète ta sale peau de pourri. Et mets-y le prix.

Casta vida son sac, expliqua l'itinéraire, décrivit les lieux et l'ancienne exploitation viticole en question. Quand Bolan eut tout enregistré dans l'ordinateur de sa mémoire, il acquiesça d'un sec mouvement de tête, avant d'assener :

— Maintenant, voilà ma dernière question.

Le quitte ou double, en quelque sorte. Mais un sinistre quitte ou double. A ce jeu-là, il n'y avait pas de lot de consolation.

— Vas-y ! Pose-la, ta dernière question ! s'énerva Casta.

— Oui ! Oui ! Posez-la ! renchérit lâchement

le gros chauffeur. Allez-y ! On va répondre. Juré sur la Madone.

Alors, pour la première fois, l'Exécuteur posa la seule question importante de la soirée. Une question joker qui portait un nom tout simple.

Marina.

Et comme il s'y attendait un peu, il ne reçut malheureusement pas de réponse valable. Alors, sachant que ces pions n'avaient plus aucune valeur sur son échiquier, il les tua très vite. Sans joie et sans remords non plus. Une seule balle de 9 mm pour chacun. En pleine tête. Il y eut de la cervelle et du sang sur le vieux mur et un morceau de boîte crânienne alla ricocher sur les pierres. A moins que ça ne soit une dent. Détail douteux qui n'intéressait pas l'Exécuteur. Encore une fois, il avait tué par nécessité, et parce que ces deux rebuts de la société ne méritaient pas de vivre.

Maintenant, il avait à faire.

Beaucoup à faire.

CHAPITRE X

La nuit était toujours aussi claire et le paysage avait changé. Ici, c'était déjà la montagne. Avec des pentes abruptes et des ravins profonds. La Regata venait de passer un pont et sortait de Genzano. Une ville tout italienne, avec ses façades colorées, ses balcons fleuris et ses placettes égayées de fontaines. Une ville toute en longueur et bien entendu déserte. Suivant les instructions de feu Casta, l'Exécuteur roula encore sur environ deux kilomètres, trouva le chemin sur sa gauche. Un simple sentier de chèvres où la Regata se mit à tressauter comme une balle de ping-pong. Accroché au volant, l'Exécuteur roula encore sur environ un kilomètre, avant de trouver sur sa droite une espèce de parking naturel entouré d'arbres rabougris. Il y stoppa la voiture, vérifia que le Sig-Sauer et le 38 étaient opérationnels et, les fourrant dans sa ceinture, il quitta la Regata en retenant la portière pour qu'elle ne claque pas. Juste à cet instant, un chien se mit à aboyer quelque part assez loin et quelques filaments de nuages vinrent défiler mollement devant la lune toute ronde.

Tout là-bas, au bout du chemin et perchée sur la colline, la silhouette massive d'une construction se découpait sur le ciel de nuit.

La ferme viticole.

**
*

— Les voilà!

Gianni Comaro avait littéralement bondi sur ses pieds. Déjà joyeux à l'idée de se faire la main sur un nouveau « cas ». Dans la lumière jaunâtre de l'unique ampoule pendue au plafond, le regard dur et noir du petit Paolo Sobra brilla entre les mèches de cheveux gras qui lui tombaient sur le nez. De longues mèches tressées si serré qu'il n'avait même plus le courage de les défaire. Alors, l'hygiène... Il ricana et un souffle nasillard passa entre ses dents gâtées:

— T'as rêvé, mec.

Paolo Sobra avait toujours pu faire beaucoup de choses différentes en même temps. Comme par exemple ce soir. Tout en se grattant et en parlant, il parvenait à scander la petite musique afro qu'un walkman enfilé dans sa poche de chemise lui débitait dans une seule oreille. Tempo de batterie insolite pratiqué à l'aide d'une longue aiguille à tricoter. Cela faisait un petit bruit métallique qui énervait davantage encore le grand et maigre Comaro.

— J'ai pas rêvé! se rebiffa ce dernier. J'ai bien entendu le chien.

Il marqua un silence, s'énerva encore un peu plus :

— Et puis arrête un peu, avec cette aiguille de merde !

— C'est mon gagne-pain, cette aiguille. Fais pas chier. Et puis, ricana Sobra, tu sais, le chien...

— Quoi, le chien ?

Comaro s'était vivement retourné et fusillait son acolyte de ses petits yeux aux paupières irritées par la sniffe.

— Rien, rien ! J'ai seulement dit le chien ! Et puis ne hurle pas comme ça ! Tu vas réveiller Sandro et sa pute.

Sandro dormait toujours. Et toujours en compagnie de sa « pute ». En réalité son petit copain. Un homo comme lui qui le secondait dans son délicat travail. Un petit homo blond et chétif au moins aussi frappé que lui, qu'il avait ramassé dans le ruisseau quelques mois plus tôt. Sandro dormait toujours, sauf quand il buvait, sauf aussi quand il sautait Fabrisio la « pute » et quand il travaillait les « cas » à l'acide. Du vrai acide. Sulfurique. Celui qu'il injectait sous la peau des « cas » à l'aide de sa grosse seringue à chevaux. Un malade mental, Sandro. Il ne se droguait pas, il ne pensait qu'au plaisir immense qu'il prenait en injectant ses doses d'acide. Les hurlements des victimes constituaient alors à ses oreilles la plus belle musique du monde. Là, et là seulement, il se sentait puissant. Plus encore que cette fois, des années plus tôt, quand il avait joui si fort en injectant son acide dans l'anus d'un mec qui avait trahi son *capo*. D'où la punition exemplaire.

Ce jour-là, Sandro s'était senti l'homme le plus puissant du monde. Depuis, il ne quittait plus jamais sa seringue. Elle était en quelque sorte devenue le prolongement de son sexe, comme auraient dit les psychiatres. Mais ce soir, Sandro avait un peu trop bu et il dormait, écroulé sur le parquet du grenier. Il n'avait même pas sauté Fabrisio. Ils étaient tous deux la honte du grand professionnalisme de la torture.

— Je me fous de ce dingue de Sandro, et de sa pute, hurla Comaro. Ils sont pleins à mort. Un bombardement les réveillerait pas. Mais le chien, lui, il est pas bourré. Et je te dis qu'il aboie toujours quand quelqu'un arrive. Il a des antennes, ce clébard. Même quand il dort. Et il sait quand il faut aboyer ou non.

Nouveau ricanement de Sobra.

— Ton chien, renvoya-t-il, il aboie surtout parce qu'il ne te supporte pas. Depuis que tu l'as kidnappé à Velletri, il peut pas te sentir. C'est bien pour ça que tu le laisses toujours attaché ou enfermé. Parce que tu sais qu'il foutra le camp à la première occasion.

— Tu vas la fermer, ta grande gueule de con?

Comaro s'était brusquement retourné, furieux.

— Bon, fit mine de temporiser l'autre, bon! Si tu veux que ton chien t'aime et qu'il soit intelligent, c'est qu'il l'est.

Il avait vu la grande main maigre de Comaro aller se poser sur la crosse du gros Colt 45 Stainless passé dans sa ceinture. Un flingue à l'acier gravé de fins dessins, dont le flingueur assurait qu'il avait servi à sa mère pour abattre un résistant bolchevique qui l'avait violée dans sa jeunesse. Une arme qui ne quittait jamais Comaro et dont il savait très bien se servir.

— T'as quelque chose contre ce clébard? grinça Comaro. Si c'est le cas, faut pas hésiter à le dire, pas vrai?

Sobra secoua ses nattes grasses.

— Arrête tes conneries.

Ça faisait des années qu'ils se connaissaient et travaillaient ensemble, des années aussi qu'ils se détestaient. En fait, chacun d'eux aurait bien été planter ses choux indépendamment de l'autre, mais leur boss Vinco Verano, W. comme ils l'appelaient tous, adorait les drames et tenait à ce qu'ils restent ensemble. Selon lui, c'était un bon climat pour l'émulation. Et pour la psychologie, on pouvait faire confiance à W. Au moins vingt ans qu'il fournissait des spécialistes free-lance aux *capi* soucieux de garder leurs propres hommes au sec. Un vrai pro, W. Et un type prudent. Protégé jour et nuit par sa petite armée personnelle. Forcément, vingt ans d'assassinats et sévices divers, ça n'attirait pas que des amitiés.

— Je te dis que les voilà, répéta Comaro. D'ailleurs, précisa-t-il en consultant sa montre, c'est l'heure prévue.

Piqué près de la fenêtre occultée par une

vieille bâche, il guettait l'extérieur par un interstice. Avec ses jeans rapiécés et ses éternels T-shirts noirs, il ressemblait à un adolescent dégingandé. Et nerveux.

Très nerveux.

A cet instant, il aurait suffi que Sobra le contrarie encore un peu pour qu'il dégaine son beau 45 gravé. Mais l'autre ne disait plus rien. Trop occupé à gratter son cuir chevelu crasseux. Sûr que sous sa tignasse afro, il avait des poux. Même que ça dégoûtait Comaro et que ça l'amusait. Mais finalement, il le comprenait quand même un peu, Comaro. Lui aussi était impatient de voir les autres arriver avec le vilain curieux. La nuit s'avançait et si le « cas » résistait un peu, ils risquaient de se retrouver au matin sans l'avoir voulu.

Mais Sobra n'était pas trop inquiet. Des « cas », il en avait travaillé au corps. Des durs à cuire. Aucun n'avait jamais résisté à sa petite spécialité.

L'aiguille à tricoter.

Une simple aiguille en acier, seulement un peu plus aiguisée qu'une aiguille normale. C'était fou ce qu'on pouvait faire avec un objet aussi banal. Piquer le cul des gonzesses, ou crever un œil... ou encore transpercer une paire de couilles.

La spécialité de Sobra.

Sa spécialité quand le « cas » était un mec. Quand c'était une gonzesse, il faisait la même chose avec les seins, ou mieux, avec les lèvres du sexe. Un truc qui l'excitait formidablement

et qui le faisait hurler de rire aussi. Une gâterie qu'il appelait sa torture « bouche cousue ».
— Putain! Je suis sûr qu'il y a quelqu'un!
— Hein?

Tiré de ses songes érotico-sadiques, Paolo Sobra releva les yeux vers la fenêtre. Il ne comprenait pas la nervosité de son comparse. Bien sûr que les autres allaient arriver et bien sûr aussi qu'ils allaient amener ce type avec eux pour qu'ils lui tirent les vers du nez. A moins bien sûr que le « cas » n'ait parlé avant et qu'ils soient sûrs qu'il ait dit la vérité. Ce qui se faisait rarement. Car même quand le « cas » parlait, c'était toujours mieux de vérifier. D'où la nécessité de l'aiguille... ou de la « ménagerie ».

L'autre spécialité de la maison.

Celle de Gianni Comaro. Une ménagerie toute simple et très réduite. Sophia et Ornella. Les prénoms des deux idoles de Comaro. Sophia Loren et Ornella Muti. Mais ces créatures-là étaient un peu spéciales, puisqu'il s'agissait... d'une vipère et d'une mygale.

Deux charmantes bestioles que Comaro couvait jalousement dans leurs boîtes transparentes respectives. Souvent, il suffisait de les montrer au « cas » pour qu'il se déballonne. Surtout les gonzesses. Mais parfois aussi, il fallait un peu les sortir de leurs boîtes. Dans ces cas-là, Comaro avait un truc. Soit il tenait la vipère par la queue en l'approchant lentement de telle ou telle partie du corps du supplicié, soit il s'amusait avec le fil de la monstrueuse araignée. Un fil de nylon attaché à l'une de ses pattes et qui lui permettait de récupérer l'arachnide après qu'elle eut un peu couru sur le corps nu du « cas ». Une petite horreur qui faisait des merveilles.

Surtout chez les nanas.

Pour les mecs, c'était plutôt l'aiguille. Forcément. A cause des joyeuses.

— C'est bizarre, quand même !

Toujours près de la fenêtre, Comaro semblait renifler l'air ambiant. Il était tendu comme un chien de chasse à l'arrêt. En d'autres circonstances, Sobra aurait éclaté de rire, mais cette fois, il sentait son acolyte tout près de l'éclat. Et un éclat à coups de 45 gravé...

— T'as gagné, soupira-t-il enfin en repoussant sa chaise. Je vais aller voir.

Il avait déjà empoigné le mini-PM Beretta 951/A de 9 mm Parabellum jusqu'alors accroché au dossier de sa chaise. Avec les trente cartouches de ses deux chargeurs réunis tête-bêche, sa cadence de tir voisine de celle d'un PM classique, sa longueur totale de 214 mm seulement, sa poignée préformée presque sous le point de mire, son poids à vide de 1,350 kg et l'imposant réducteur de son artisanalement adapté au court canon, c'était une arme étrange. Et bien que sa stabilité de tir en rafale laissât quelque peu à désirer, c'était quand même un beau petit outil très dangereux.

— Fais pas gueuler le chien, hein ! lui lança Comaro en le voyant quitter la pièce. Et prends ton imper. J'ai l'impression qu'il flotte.

C'était une boutade. Il ne pleuvait pas, mais même en pleine canicule, Sobra se baladait toujours avec son vieil imper de l'armée US. Un tic vestimentaire qui faisait rire tout le monde, mais dont Comaro connaissait la raison profonde. Sobra avait toujours froid.

Sans doute à cause de l'héro. Au moins deux piquouzes par jour. Une fortune. Un suicide aussi. Comaro entendit son pas décroître dans le hall carrelé de l'entrée, puis il y eut un claquement de porte et Comaro se tordit le cou pour vérifier que Sobra n'allait effectivement pas exciter le chien laissé dans la bagnole.

Mais tout allait bien. La voiture était sur la droite et il ne voyait même pas apparaître Sobra. Sans doute resté sur le pas de la porte. Il attendit encore, toujours aussi étonné d'entendre le chien hurler sans raison apparente. Puis, il y eut enfin des pas dans le hall d'entrée et Comaro se dit qu'il s'était fait des idées pour rien. Sobra allait encore se foutre de lui.

— T'as vu quelque chose ? ne put-il s'empêcher de questionner à travers la porte.

Pour toute réponse, il n'entendit qu'un bruit sourd contre le lourd battant massif. Un son mat et définitif qui lui fit froncer les sourcils. L'ampoule du hall était cassée depuis longtemps. A tous les coups, trompé par l'obscurité, ce con de Sobra s'était foutu la gueule dans la porte. Contenant un rire vengeur, Comaro grinça :

— Ça va comme tu veux ?

Il s'attendait à une réplique bien sentie, fut surpris de ne toujours rien entendre.

— Eh, Sob?

Toujours rien.

Alors, comme mue par un ordinateur indépendant, sa main droite arracha le Colt Stainless gravé de sa ceinture et le claquement de la culasse résonna dans le silence. Cet imbécile de Sob était encore en train de lui faire une de ses plaisanteries douteuses. Il n'allait pas être déçu. Comaro allait lui faire péter une bastos à ras du pif.

Pour lui apprendre à vivre, à cet empaffé.

— Eh, Sob!

Pas de réponse. L'autre se cachait. Si ça se trouvait, il avait même détaché le chien. Comaro prêta l'oreille, perçut les jappements, fut rassuré.

— Sob, merde, tu veux que j'aille te chercher?

Toujours le silence. Un instant, Comaro fut tenté de laisser filer. De ne plus s'occuper de l'autre. Mais la colère fut la plus forte et il poussa la porte du hall.

— Sob?

Rien.

— Ce que tu peux être con, mon pauvre Sob!

Comaro avait fait deux pas dans le hall. Heureusement, l'imposte en forme d'œil de bœuf au-dessus de la porte d'entrée laissait pénétrer un rayon de clarté lunaire. Mais toujours pas de Sobra en vue. Comaro se dit que cet enfoiré devait s'être planqué derrière la porte. Il s'en foutait. Si c'était ça, il allait faire parler le flingue.

— Comme tu voudras, fit-il alors en se jetant de côté et en tirant la porte.

Le lourd panneau pivota lentement, révélant peu à peu sa face cachée que le rayon de lumière lunaire allait bientôt...

Puis Sobra apparut. Debout. Raide comme la justice, fixant Comaro de ses petits yeux méchants. Si raide qu'il paraissait être sur la pointe des pieds. Et puis, il y avait cette étrange position de sa tignasse dégueu. Verticale. Comme fixée au gel.

— Sob?

Sa propre voix fit peur à Comaro. Quelque chose était en train de se détraquer dans sa tête et il ne comprenait pas quoi. Il voyait seulement Sob et cette simple apparition lui glaçait les tripes.

— Sob?

Prêt à faire feu sans savoir sur qui, Comaro tendit le cou, battit des cils et, dans l'achèvement de son mouvement tournant, le haut de la porte fut inondé par le rond de lumière nocturne.

Alors, pour la première fois de sa vie, Comaro le sadique sut ce qu'était l'horreur. Elle était clouée sur la porte.

Par les cheveux!

Sobra était suspendu au lourd panneau par ses propres nattes. Des nattes nouées autour d'un manche de poignard! Et ses petits yeux toujours aussi méchants avaient l'air de poser une question. Une question à laquelle Comaro était déjà obscurément certain de ne pouvoir répondre. Soudain, il eut le brusque sentiment d'une autre présence et, venue de n'importe où, une voix lugubre lança tout doucement :

— Tu bouges, tu meurs.

CHAPITRE XI

Complètement dépassé, Comaro avait l'impression de cauchemarder. Tendu comme une corde de piano, il sursauta au son de la voix sinistre et dans un réflexe instantané, son index enfonça la détente du Colt gravé. Mais à la même seconde, un bref chapelet d'éternuements étouffés résonna dans le silence et en même temps qu'il voyait les éclairs exploser quelque part près du portemanteau, il sentit son bras armé comme broyé par les crocs d'un fauve en furie. Hébété, il comprit que son arme lui échappait et que c'était elle qui venait de cogner contre le mur derrière lui.

C'était complètement dingue!

Tout ça dépassait l'imagination et malgré l'évidence, Comaro n'arrivait pas à y croire. Puis, d'un coup, tout redevint terriblement net dans sa tête. Et la peur le submergea. La douleur aussi. Son poignet n'était plus qu'une charpie et le sang coulait à gros bouillons. Paniqué, il ouvrit la bouche sur un cri avorté, voulut s'élancer pour récupérer son arme, mais de nouveau, il eut du mal à réaliser. Une force extraordinaire venait de le clouer contre le mur. On lui avait tiré dessus et on allait l'achever.

Une nouvelle fois sa bouche s'ouvrit. Pour crier. Là-haut, il y avait Sandro et sa pute. Même bourrés, c'étaient des pros. Déjà, le cri montait dans sa gorge et...

— Tss, tss!

C'était juste un avertissement. Presque un murmure entre copains. Mais la haute silhouette qui venait de le plaquer au mur ressemblait à celle du diable. Un type immense, duquel émanaient une force et une volonté auxquelles Comaro n'avait jamais été confronté. Il ne pouvait voir le regard du type, mais il était sûr d'une chose, c'était celui d'un tueur. Un vrai.

— Ton nom? questionna la voix d'outre-tombe.

— Je... Comaro. Gianni Comaro.

Hochement de tête de l'inconnu.

— C'est bien. Où sont les deux autres?

Malgré sa panique, Comaro trouva cette voix profonde et autoritaire très belle. Et très persuasive. Il déglutit péniblement, battit des paupières, avant de gémir:

— Je ne comprends...

— Tss, tss! Où?

Comaro ne faisait pas le poids. Son bras l'élançait jusqu'à l'épaule et il était sur le point de partir dans les vapes. Pour la première fois de sa chienne de vie criminelle, il était désarmé,

face à un type qui s'y connaissait. Situation désespérée qu'il n'aurait jamais pu imaginer.
— Où ?
Toujours la même voix. Presque amicale. Mais dans laquelle il y avait toute la détermination du monde. Impossible de résister. Désignant la porte ouverte sur l'ancienne salle où la lumière brillait, Comaro gémit de nouveau :
— Le... le grenier. Ils dorment.
— Combien ?
Comaro sentait à présent un gros cylindre encore chaud s'enfoncer sous son menton. Bizarrement, cela lui faisait mal aux ganglions.
— Combien ?
— Deux.
— Tu mens !
Ça, c'était juste pour voir.
— Non... non !
Ça n'avait été qu'un souffle. Comaro avait parfaitement compris qu'en réveillant Sandro et sa pute maintenant, il se condamnait. Une seconde, il regretta que Sobra fût mort. Il aurait aimé lui prouver que le chien n'avait pas aboyé pour rien.
— Leurs armes ?
Pourtant brèves, les questions avaient du mal à arriver jusqu'au cerveau de Comaro. Le choc l'avait comme anesthésié. Il fronça les sourcils, devina que l'inconnu parlait de l'armement de Sandro et de la pute et il balbutia :
— Presque rien.
— Précise.
Comaro chercha encore un peu de salive à avaler, n'en trouva pas, croassa :

— Deux flingues. Un autre 45 et un 38.

Inutile de parler de l'acide. C'était déjà assez compliqué comme ça.

— C'est bien, fit la voix profonde.

Puis Comaro vit une ombre bouger très vite au-dessus de lui et il reçut un grand choc avant d'éprouver un formidable éblouissement.

Puis ce fut le noir.

L'Exécuteur ralentit la chute du corps, l'allongea sur le dallage. Avec le coup de poing sur la nuque qu'il venait de lui envoyer, l'autre pouvait dormir pendant des heures. Bolan ramassa le 45 Stainless gravé, se redressa. Ce qu'il venait d'entendre et les infos fournies par Casta et le chauffeur se recoupaient parfaitement. Plus que deux types là-haut et le tour était joué. Avec l'effet de surprise et cet arsenal qu'il se composait peu à peu en glanant par-ci par-là, il pouvait désormais lutter à armes égales. Le 45 gravé dans la main droite et le PM Beretta rechargé dans la gauche, il se plaqua au mur et écouta le silence un instant avant de se risquer dans l'ouverture de la porte et de jeter un regard dans la salle.

Vide.

Il la traversa, avisa les deux cubes en plexi transparent avec la vipère et la mygale, grimaça de dégoût. Il fallait être complètement marteau pour se balader avec ça. Il quitta la salle, trouva une pièce qui ressemblait à un atelier désaffecté, au fond duquel une échelle de meunier grimpait vers une trémie. Il s'en approcha, tendit le cou, vit une trappe relevée et une vague lueur vacillante. Une bougie ou une lampe à pétrole.

Et pas un bruit.

Doucement, il posa le pied sur la première marche. Le bois grinça légèrement et il s'arrêta pour écouter encore.

Toujours rien.

Il monta encore deux marches, écouta de nouveau et, rassuré, il continua de monter. Dans sa main droite, le canon du 45 était exactement dirigé vers la trappe. Dans l'autre main, le PM Beretta était prêt à cracher la mort. Il sauta silencieusement les dernières marches, arriva au niveau de la trémie, risqua un regard à ras du plancher.

Ils étaient là.

Tous les deux, tendrement enlacés sur un matelas éventré, éclairés par une bougie simplement collée par terre. Un grand brun et un petit blond. Le brun dormait à plat dos et ronflait doucement, l'autre sur le ventre, un bras passé par-dessus le torse du premier.

Touchant.

Près d'eux, trois bouteilles vides. Pas de Moët et Chandon ni du Johnnie Walker. Du mauvais whisky de marque indéterminée. Bolan se hissa dans l'ouverture, fit trois pas sur le plancher raboteux, pointa le canon du 45 sur le front du grand brun et enfonça la détente. Sous le terrible impact, le front éclata, du sang et de la cervelle jaillirent partout, éclaboussant à la fois l'envers des tuiles, le plancher, les bouteilles et le mince blondinet. Ce dernier sursauta, ouvrit des yeux égarés, vit le canon fumant du 45, puis le crâne de son pote défoncé. A dix centimètres du sien.

— NOOONNN !

Telle la foudre, son bras fila vers le coin du matelas, jaillit à la verticale et l'Exécuteur le vit venir vers lui, avec un objet blanchâtre serré entre les doigts crispés. Dans un mouvement réflexe, il pivota du buste et sauta de côté, juste au dixième de seconde où quelque chose giclait dans la direction où s'était trouvée sa tête l'instant d'avant. Toujours animé par les réflexes purs, il envoya son pied, cueillit le poing dans un shoot qui fit hurler le blond, la chose blanchâtre vola dans le grenier, se perdit dans une zone d'ombre. Mais au moment où Bolan braquait son arme sur le crâne du blond, un drôle de phénomène attira son attention.

Les vêtements du brun étaient en train de brûler !

Ou plutôt, une espèce de vapeur s'échappait d'un bouillonnement étrange. Une tache humide, avec des bulles qui crevaient et semblaient vouloir tout absorber. Alors, Bolan comprit.

De l'acide !

Le pourri blond lui avait envoyé de l'acide ! Sans ses réflexes foudroyants, il serait maintenant en train de se rouler au sol, sans doute déjà aveugle.

Le petit salaud avait vite réagi. Maintenant, tenant son poignet brisé, livide et la face couverte de sueur grasse, il dardait ses petits yeux décolorés sur l'Exécuteur.

— Non! répéta-t-il plus bas. Me flinguez pas!

L'Exécuteur lui envoya une esquisse de sourire polaire, avant de dire:

— De l'acide, hein?

L'autre ne répondit pas. Son poignet devait être horriblement douloureux et il sentait que c'était fichu pour lui.

— Ton nom? questionna sèchement l'Exécuteur.

— Je... Fabrisio.

Bolan sembla réfléchir quelques secondes, puis de sa voix d'outre-tombe, il posa sa première question. Elle portait sur le fief de W et le blond y répondit aussitôt, confirmant en cela les aveux de feu Casta. Il hocha la tête, déclara:

— O.K., Fabrisio. Maintenant, je vais te poser une dernière question. Si tu peux y répondre, tu vis. Si tu cales, tu meurs.

Paralysé, l'autre hocha la tête, visiblement prêt à vendre père et mère. Alors, Bolan parla de la jeune orpheline disparue en finissant son exposé par:

— Elle s'appelle Marina Cornelli, est-ce que tu sais où elle est?

Le blond parut se ratatiner sur lui-même.

— Non! avoua-t-il dans un souffle. Non! Je sais rien de cette gonzesse!

Puis, d'un coup, il se mit à vomir sur le cadavre de son copain. Bolan grimaça de dégoût, releva imperceptiblement le canon du Colt et pressa la détente.

Le crâne du blond s'ouvrit comme une coquille de noix, vomissant lui aussi son contenu. Le corps retomba sur celui du brun, eut quelques spasmes post-mortem, avant de s'immobiliser dans un dernier frémissement.

L'Exécuteur savait ce qu'il voulait.

Il redescendit, retraversa la salle, s'arrêta devant les cubes de plexi, tira deux fois. La vipère tressaillit, se tordit, mais elle était coupée en deux et elle cessa très vite de bouger. Quant à la mygale, littéralement réduite en pulpe, elle ne fut plus qu'une affreuse tache rousse sur le mur, avec une seule patte encore intacte qui frémissait comme au rythme d'une musique intérieure. Bolan retourna dans le hall, tira Comaro par le col jusque dans la salle, le réveilla d'un coup de pied dans les côtes.

— Eh! Qu'est-ce que...

— La ferme, coupa Bolan.

Il lui avait enfoncé le canon du 45 dans une narine et de sa voix sépulcrale, il déclara :

— Tu es le seul survivant sur quatre, connard. Tu as encore une toute petite chance de sauver ta peau vérolée. A condition de tout me dire.

— Va te faire mettre.

La haine à l'état pur se lisait dans les petits yeux cruels. L'Italien avait repris tous ses esprits et, malgré sa terrible migraine, il défiait toujours ce type à l'accent yankee qui ressemblait au diable. Mentalement, le guerrier solitaire lui tira son chapeau. Un dur. Il proposa :

— Je t'offre une chance, Gianni. Une seule. Si tu ne la saisis pas, tant pis pour toi.

Il indiqua le plafond.

— Ceux de là-haut sont morts. A toi de choisir.
— Je t'emmerde !

Le dialogue s'annonçait mal, mais l'Exécuteur n'avait pas le choix. Il devait tout faire pour essayer de retrouver la piste de la jeune Marina.

— T'as tort, Gianni, dit-il. Vraiment tort. Tant qu'il y a de la vie...
— Ça va ! coupa soudain l'Italien. Accouche !
— Parle-moi de ton boss.
— J'en ai pas.
— Même pas Verano ? Même pas W ?

L'autre lui jeta un regard plein de haine.

— Si tu sais, pourquoi tu fais chier ?
— Pour en savoir plus, répondit suavement l'Exécuteur.

Puis, sans prévenir, il enfonça le canon du 45 dans la narine droite du pourri et poussa violemment. Comaro hurla, voulut reculer sur les fesses, se trouva coincé contre le mur.

— J'écoute, fit Bolan, implacable.

Alors, parce qu'il n'y avait plus rien à faire et qu'il avait vraiment trop mal à son poignet brisé par la rafale, Gianni Comaro se mit à table. Il dit tout ce qu'il savait et Bolan le crut sans hésiter. Tout ce qu'il lui dit correspondait parfaitement à ce qu'il savait déjà de la bouche de Casta. Alors, plantant son regard de banquise dans les prunelles noires du minable, l'Exécuteur passa au dernier point, celui qui lui tenait le plus à cœur :

— Elle a quinze ans, dit-il doucement. Elle

s'appelle Marina Cornelli et en principe, elle a disparu du côté de Velletri. Si tu me dis où je peux la trouver, tu es sauvé.

Une lueur vive passa dans les prunelles sombres du tueur, suivie d'un voile qui éteignit complètement son regard. Il souffla comme un boxeur sonné, secoua la tête d'un air las pour déclarer :

— O.K. Je vais te dire.

L'Exécuteur sentit monter une onde d'excitation en lui. Etait-il possible qu'il touche déjà le jackpot ? Mais le pourri secoua encore la tête, l'air épuisé.

— Merde... je suis pas bien. Je voudrais me lever.

— Tu peux, acquiesça Bolan. Mais fais gaffe.

Comaro prit appui sur sa main valide, essaya de se redresser et, n'y parvenant pas, son regard chercha celui de Bolan pour quêter son aide. Ce dernier se pencha, tendit le bras. Mais à l'ultime fraction de seconde, à une infime crispation de la face du pourri, il réalisa son erreur. D'un fantastique sursaut, il se rejeta en arrière, vit passer un éclair devant ses yeux. Instinctivement, son poing armé avait frappé. Si fort que le nez de Comaro explosa littéralement sous la force du coup. Le vicelard poussa un cri de souris piégée, s'étala en arrière en gémissant. Complètement écrasé, son nez n'était plus qu'un magma sanglant. Le sang coulait abondamment et déjà, les yeux gonflaient à la vitesse grand V. Dans le même temps, le talon de l'Exécuteur s'abattit avec violence sur le poignet de Comaro et la main prisonnière laissa échapper un objet long et brillant qui tinta joyeusement sur le sol.

Une aiguille à tricoter !

Retaillée du bout, pointue comme une aiguille à coudre. Le petit con avait essayé de lui crever un œil. Bolan shoota dans l'aiguille. Celle-ci roula loin d'eux, et l'Exécuteur lâcha de sa voix d'outre-tombe :

— Tu n'as plus que cinq secondes pour sauver ta peau.

Cette fois, un éclair de panique passa dans les petits yeux vicieux du tueur.

— Mais je sais rien, moi ! cria-t-il soudain. Je la connais pas, cette pisseuse !

Il venait de signer son arrêt de mort.

L'Exécuteur appuya sur la détente du 45. Une seule fois. La 45 ACP fit sauter l'œil gauche du pourri, arracha un morceau de sa tempe, emporta l'oreille et acheva sa course folle dans le sol. Derrière, le crâne de Comaro n'était plus qu'une plaie béante d'où la cervelle déchiquetée et le sang s'échappaient comme d'une fontaine. Comaro eut un dernier spasme, s'amollit subitement. Dans la mort, son œil intact était resté ouvert et il fixait toujours Bolan. Seule son expression avait changé. Il n'avait plus l'air aussi vicieux.

Finalement, la mort lavait beaucoup de choses.

Malheureusement, Marina Cornelli restait introuvable.

CHAPITRE XII

La nuit tirait à sa fin et la lune entamait sa descente vers l'horizon. Sur ces routes de montagne, la circulation était quasiment nulle et Mack Bolan n'avait eu aucune difficulté à parcourir les trente kilomètres qui séparaient la ferme viticole de Colle Fero.

Colle Fero, le fief de Vinco Verano, dit W. Facile à trouver. Une plaque indiquait l'exploitation d'agrumes annoncée par Casta et par Comaro. Juste à l'entrée d'un chemin dont Bolan savait qu'il s'achevait bientôt devant une barrière qui était fermée la nuit. Il savait aussi combien W prenait ses précautions. La nuit, l'enceinte et le parc de sa villa étaient gardés par une véritable meute de porte-flingues et une voiture de patrouille munie de talkies-walkies tournait en permanence autour de la propriété. C'est fou ce que les truands pouvaient avoir peur des autres truands !

L'Exécuteur alla stopper la Regata sous les frondaisons d'un boqueteau situé près de la route, revint sur ses pas et se mit en marche vers la propriété de Vinco Verano.

Avec juste un poignard, le mini-PM Beretta pour lequel il avait retrouvé des munitions dans la boîte à gants de la voiture et le 45 Stainless gravé. Pour l'Exécuteur, la nuit de feu, de sang et de mort continuait.

A ce train-là, le char de guerre arriverait trop tard.

Le blitz romain serait déjà fini.

— Vous avez entendu?

A l'arrière de la Range-Rover, absorbé par ses pensées, Angelo Matti tressaillit légèrement. Au volant, le chauffeur, un gros calabrais chauve et bouffi, s'était redressé sur son siège, fixant son voisin, un autre gros, mais beaucoup plus chevelu. Ce dernier se retourna vers l'arrière, grogna:

— T'as un problème?

Ils avaient arrêté le 4x4 sur le bord du chemin de ronde courant le long du mur d'enceinte de la propriété. Histoire de pisser et de se dérouiller les jambes. Mais une fois de nouveau à bord, ils s'étaient encore laissés aller à griller une cigarette. De toute façon, il ne se passait jamais rien. W était complètement parano.

— J'ai pas un problème, maugréa Matti. J'ai entendu un bruit.

— Un bruit, hein!

L'autre salaud se foutait de lui. Matti lui aurait volontiers fichu son poing dans la figure, mais ça n'aurait rien solutionné.

— J'ai entendu un bruit, répéta-t-il comme pour s'en persuader. Un truc métallique.

— Alors, rigola le chauffeur, c'est tes burnes.

Son voisin éclata d'un petit rire de crécelle, se mit à tousser, jeta son mégot par la vitre ouverte.

— Ses burnes, s'esclaffa-t-il encore en allumant une autre cigarette. Ses burnes !

Ce n'était pourtant pas si drôle. C'était vrai que Matti avait eu une sérieuse hernie le mois dernier, mais maintenant, avec le suspensoir qu'il avait acheté à Milan, ça allait beaucoup mieux.

— Vous êtes cons, fit-il, plein de mépris.

Les deux autres restèrent cois et le silence revint dans le 4x4. Puis le chauffeur jeta son mégot à son tour et, pour faire la paix, déclara doctement :

— C'est plein de bestioles, dans le coin.

Tout le monde dans la région savait qui était W et personne ne se serait avisé à venir l'attaquer dans sa forteresse. Et puis, avec les autres dans le parc de la villa, il n'y avait vraiment rien à craindre.

Sur le siège arrière, Matti hocha finalement la tête. Apparemment rassuré. Mais un bras sur le cadre de la portière, il prêtait l'oreille et scrutait les alentours, fouillant les ombres que les grands pins parasols projetaient sur le sol. Néanmoins, sa main était restée posée sur la crosse du Colt 357 Magnum qu'il portait en holster d'épaule. C'était à ce type de précautions qu'on devait de vivre vieux. Si au moins le clair de lune de tout à l'heure avait encore été là. Mais la soudaine arrivée de ces petits nuages filandreux changeait tout. Manquerait plus qu'il pleuve.

Un raisonnement que se tenait également l'Exécuteur. A quinze mètres de là, accroupi derrière le tronc d'un pin tout tordu, parfaitement immobile et attentif, il avait presque tout entendu des propos des pourris. Une ombre de sourire carnassier effleura sa face granitique. Le gros salaud de l'arrière avait l'oreille fine. Juste un cliquetis de branche basse sur l'acier du Beretta avait suffi à l'alerter. L'Exécuteur allait devoir se méfier. Faisant maintenant corps avec l'environnement, il braquait le mini-PM sur le 4x4. Prêt à tout.

— ... bon, qu'est-ce qu'on fait, fit soudain une voix dans le véhicule. On dort là ?

— Ça va ! Ça va !

— Attends. J'ai encore envie de pisser, fit alors la voix de celui de l'arrière.

— Nous emmerde pas ! On sait que c'est pour aller voir ! On te dit qu'on a rien entendu et...

— Je vais pisser !

— Bon, bon ! Va pisser, mon pote ! Va pisser.

Une portière claqua et l'Exécuteur aperçut une silhouette qui sautait à terre.

— Eh, fit une autre voix, fais gaffe à tes burnes, Matti !

Un gros rire ponctua cette recommandation hautement philosophique, tandis que l'autre s'éloignait de la voiture.

En direction des arbres !

Juste face à l'Exécuteur. Il y eut un autre rire venant de la voiture, puis un bruit de moteur. La plaisanterie classique. Les autres faisaient croire à leur copain qu'ils repartaient sans lui. Mais l'intéressé devait être habitué aux facéties douteuses de ses comparses, car il continua à avancer sans la moindre hésitation.

— Bon, bonne nuit, Matti.

Là-bas, le moteur de la Range-Rover grondait plus fort. Une aubaine pour l'Exécuteur. Maintenant, le pourri était à moins de dix mètres. Alors, laissant au type le temps d'ouvrir son pantalon, Bolan commença à décrire un détour en se servant des troncs de pins comme points d'arrêts. Tel un félin en chasse, il progressait parallèlement au chemin, ne quittant pas non plus le 4x4 des yeux. A l'intérieur de celui-ci, les deux autres imbéciles continuaient à rire et l'Exécuteur n'était plus qu'à trois mètres de sa proie. Quand l'autre se soulagea, il perçut le bruit caractéristique et décida d'attaquer à cet instant.

Silencieux comme une ombre, il laissa le mini-PM sur le sol, assura le poignard dans son poing et plongea d'un coup.

A moins de deux mètres.

143

Mais le pourri devait avoir des antennes. Prévenu par ce sixième sens qui lui avait déjà fait entendre du bruit un peu plus tôt, il se retourna d'un coup, attrapa la crosse du gros 357 sous son aisselle. Mais ayant prévu cette réaction, l'Exécuteur l'avait plaqué à un tronc de pin. Si violemment que le crâne du type sonna sourdement et qu'il poussa un grognement de douleur. Coincé entre le tronc et son assaillant, il ne pouvait plus sortir son arme, mais il cherchait à mordre la main de Bolan qui l'avait bâillonné. Sans s'énerver. Un pro. Un pro qui avait encore son pantalon ouvert avec son sexe dehors. Mais il s'en fichait. Ce qu'il voulait, c'était soit dégainer son flingue, soit alerter ses copains.

Bolan ne lui en laissa pas le temps.

Dans le dixième de seconde suivant, sa large et puissante main gauche repoussait violemment la grosse tête du type en arrière, la cognant de nouveau contre le tronc, forçant le type à se cambrer pour résister... et à offrir sa gorge.

Une gorge qui enregistra aussitôt comme un petit souffle d'air glacé, puis, aussitôt après, une intense brûlure qui lui déchirait la chair.

Le goût du sang lui donna envie de vomir, il battit l'air de son bras libre, essaya de frapper celui qui le tuait et se trouva tout désemparé d'être tout à coup si faible. Il s'entendit grogner... ou plutôt chuinter, réalisa que l'air de ses poumons fusait directement par la plaie béante qui ouvrait son cou d'une oreille à l'autre et, tout doucement, comme on se laisse enfin couler après avoir lutté trop longtemps contre les flots, il abandonna toute résistance pour s'enfoncer dans les profondeurs insondables d'un gouffre effrayant.

Celui de la mort.

Contre l'Exécuteur, le corps eut encore quelques soubresauts, de plus en plus faibles, avant de s'amollir d'un coup en laissant échapper un soupir écœurant. La mort avait fait son œuvre. L'Exécuteur accompagna le cadavre jusqu'au sol, l'allongea doucement, essuya la lame du poignard sur le mort et rangea l'arme dans sa gaine de bras en se redressant.

Il était poisseux de sang.

Dans ces circonstances particulières où il donnait « physiquement » la mort, l'Exécuteur réalisait pleinement combien celle-ci était hideuse. Et sale. Même lorsqu'il tuait un ennemi.

Mais le temps n'était pas à la philosophie. Déjà retourné à « son » pin, il avait récupéré le mini-PM et recommençait à progresser en direction de l'ennemi. L'autre, celui de la Range-Rover. Une voiture où les autres imbéciles riaient toujours en appelant leur copain. Progressant dans l'ombre, l'Exécuteur effectua de nouveau un détour en arc de cercle, de manière à arriver par l'arrière du 4x4.

Objectif, la portière du passager.

Il savait par expérience que le chauffeur d'un véhicule était toujours plus lent à réagir en cas de pépin. Alors, PM Beretta en batterie et tel un diable jaillissant de sa boîte, il arriva à la portière, se redressa soudain et tout se passa si vite qu'aucun des deux occupants du 4x4 ne comprit ce qui arrivait. Il y eut deux courtes rafales de « flops » et les deux pourris furent brutalement rejetés sur le côté. Le chauffeur eut tout le haut de son crâne chauve arraché par les ogives brûlantes et son voisin eut le cou presque entièrement tranché par le reste des terribles 9mm. A cet instant, malgré le moteur qui continuait à tourner, l'Exécuteur eut la désagréable impression qu'on avait dû entendre les détonations à des centaines de mètres. Il y avait du sang partout, l'odeur âcre de la cordite prenait à la gorge et le spectacle était affreux. Dans la lueur du tableau de bord, Bolan put voir le voisin du chauffeur se tasser définitivement contre son dossier de siège et, comme s'il vivait encore, lui lancer un long regard plein de reproches. Puis, d'une blessure au crâne que l'Exécuteur ne lui avait pas vue tout de suite du sang se mit à couler, formant une petite fontaine sombre qui lui souilla l'œil gauche.

Vision hideuse sur laquelle Bolan n'avait pas le temps de s'attarder. Sans hésiter, il bascula le chauffeur à terre, le traîna sous les pins, revint prendre sa place et démarra aussitôt. Son but, continuer la ronde des autres et faire le tour du propriétaire. Pour voir un peu comment les choses se présentaient.

CHAPITRE XIII

Il y avait des soirs où Enio Tarapi n'en pouvait plus d'entendre le 4x4 tourner sans arrêt autour de ce parc. Il n'en pouvait plus non plus de savoir que les trois autres connards se tapaient le cul sur des coussins de sièges, tandis que lui, pauvre flingueur de troisième zone, il était obligé de faire ses rondes nocturnes à pied.

Toujours la même chose et toujours dans le même sens.

Mais ce soir, Enio Tarapi avait un moment eu l'impression que les choses allaient être un peu différentes des autres soirs. D'abord, tandis qu'il planquait sa bouteille de *grappa* dans son petit taillis secret et qu'il s'essuyait les lèvres d'un revers de manche, il avait entendu les autres salauds rire. Ce qui était rare. Puis il avait aussi entendu le 4x4 rester à l'arrêt un petit moment. Comme si ces fumiers s'étaient payé le temps de fumer un clop en discutant tranquillement de la pluie et du beau temps. Voire de boire une de ces petites bières qu'ils transportaient dans leur glacière de bord.

Alors, forcément, Enio Tarapi commençait à se sentir un peu jaloux. Pas beaucoup, mais juste ce qu'il fallait pour nourrir un soupçon de rancœur envers les petits copains et se taper une autre rasade de *grappa*.

Un truc qui le ferait flinguer par son *caporegime* s'il était surpris. Surtout si on apprenait qu'il se poivrait toutes les nuits. Mais ce soir, il avait déjà trop bu pour songer vraiment au danger que cela représentait. D'ailleurs, personne n'avait jamais vu qu'il buvait. Signe qu'il était vraiment très fort. Aussi, quand il entendit le 4x4 ralentir, puis s'arrêter devant le portail du parc, se dit-il qu'il allait peut-être pouvoir en profiter pour boire un coup avec eux. Et cette idée le réconforta si bien qu'il but une nouvelle rasade de *grappa*. Dans la minute suivante il n'éprouvait plus aucune jalousie et un sourire béat apparaissait au coin de sa bouche un peu trop grande.

D'autant que le 4x4 ne bougeait toujours pas.

Alors, refoulant subitement toute mauvaise humeur très loin au fond de lui, Enio Tarapi s'assura que les deux autres gardiens du parc ne le voyaient pas, puis, traversant la vaste pelouse piquetée de massifs de roses et flamboyants, il se précipita vers le grand portail de l'entrée.

Juste au moment où les phares du 4x4 en découpaient la forme et qu'une silhouette projetée par la lumière des phares se profilait sous le massif portail en acier. Il se dit que les autres devaient avoir besoin de lui pour une bricole, et bien que cela fût strictement interdit par le *caporegime* de Vinco Verano, il décida de tenter sa chance.

Mais pas en ouvrant la porte.

Ça, c'était encore plus interdit que le reste. Simplement en jetant un œil par le judas. La mini-Uzi sous le bras, il marcha jusqu'à la petite porte-piétons qui flanquait le portail et débloqua le verrou du mouchard.

— Qu'est-ce qui se passe, les gars ? Je...

Il n'eut pas le temps d'en dire davantage. Le reste demeura bloqué dans sa gorge. Bloqué par le gros canon du 357 Magnum.

D'abord, le flingueur crut à une mauvaise plaisanterie de ceux du 4x4. La villa était connue et on savait que quiconque essaierait d'en franchir les murs serait instantanément grillé sur place par les fils à haut voltage qui couraient tout autour. On savait aussi qu'il y avait des gardes armés et personne n'avait jamais tenté quoi que ce soit. Alors, Enio Tarapi n'y comprenait rien. Il entendit seulement une voix grave au timbre mortel commander dans le judas :

— Laisse tomber ton outil, mec.

Enio Tarapi avait l'esprit complètement englué. Il ne connaissait pas cette voix et...

— Vite ! ordonna encore la même voix.

Alors, complètement déboussolé, le gardien du parc obéit. Sans très bien savoir pourquoi, mais conscient quand même qu'il était en train de faire une connerie. La mini-Uzi tomba sur le gravier de l'allée avec un bruit mat et la voix reprit aussitôt :

— Ouvre. Vite, ou je flingue.

Enio se dit qu'il fallait réagir. Qu'il devait reculer, s'arracher à ce canon de flingue qui lui défonçait la gorge. Mais il n'arrivait à rien de tout ça. Il n'avait jamais vraiment connu la violence, il n'avait plus de cerveau.

— Vite!

Alors, Enio Tarapi débloqua le verrou de la petite porte.

Tout en ne comprenant pas très bien pourquoi il faisait ça. Il savait seulement qu'il était saoul et que, dans un sens, c'était quand même une excuse valable.

— Pas bouger.

La voix dangereuse était là. Tout près de lui. Il se sentit fouillé, puis entraîné dans une zone d'ombre où la voix questionna:

— Combien vous êtes?

Enio Tarapi dut faire un effort pour se souvenir. Entre la *grappa* et le choc que ce type venait de lui faire subir...

— Trois, répondit-il enfin.

— Ça veut dire qu'il y en a deux autres avec toi?

Mouvement de tête affirmatif du garde.

— Où ça?

Enio tendit une main hésitante dans une vague direction qu'il estimait être celle de la villa. Lui gardait le parc, les autres les deux entrées de la villa. Vachement rationnel. Beaucoup plus que l'explication qu'il tenta de fournir au type à la voix d'outre-tombe pour qu'il lui enlève enfin ce canon de flingue de l'oreille.

— Pas d'autres gardes ? questionna encore la voix qui faisait peur.

Enio hésita, finit par se souvenir que le *caporegime* et les deux autres étaient précisément ceux du 4x4 et qu'il ne savait pas ce qu'ils étaient devenus.

— Non, dit-il. Pas d'autres.

— C'est bien, fit alors la voix d'outre-tombe.

Puis le grand type habillé de sombre lui prit la tête dans l'étau infernal de ses mains et effectua un mouvement rotatif d'une telle violence, d'une telle rapidité aussi qu'Enio Tarapi n'eut pas le temps d'avoir peur. Il entendit un affreux craquement sous son crâne, eut l'impression que ses vertèbres éclataient et qu'il était soudain emporté par une biture démesurée.

Un truc dingue !

Vertèbres cervicales brisées, il était mort sans le savoir.

Souple et silencieux, l'Exécuteur avait longé le mur sur son côté le plus sombre. Maintenant, accroupi derrière un massif de bougainvillées et le mini-PM Beretta en main, il fouillait l'ombre de son regard de fauve. Il voyait à présent un mince trait de lumière sous les volets d'une porte-fenêtre et presque tous les détails d'un bas-relief sculpté dans le mur de façade, au-dessus de la porte d'entrée.

Une porte d'entrée effectivement gardée.

151

Assis sur le bras d'un fauteuil de plein air, tout près de la piscine, le type fumait tranquillement, son PM en travers des genoux. Avec précautions, l'Exécuteur décrivit un autre large détour, arriva derrière la villa où W avait fait installer deux courts de tennis. De là, il voyait parfaitement l'entrée du garage. Celle qui l'intéressait. Egalement gardée. Il revint sur ses pas, laissa le mini-PM dans l'herbe, assura le poignard de para dans sa main et commença à progresser dans le dos du fumeur. A cet endroit, il y avait une large bande de terrasse à traverser. L'Exécuteur retint son souffle, parut se statufier un instant, puis, d'un coup, il bondit en avant.

Son attaque fut si fulgurante que le flingueur n'eut pas le temps d'émerger de l'engourdissement dans lequel il commençait à plonger. Quand la main gauche de Bolan lui écrasa la bouche, il se raidit, voulut crier, rua désespérément. En vain. L'Exécuteur avait trop bien assuré sa prise et, de toute façon, la terrible lame entrait déjà en scène. Dans un mouvement coulé, elle s'enroula autour de la gorge offerte, s'y enfonça d'un coup, l'ouvrit si profondément qu'elle glissa sur une vertèbre cervicale avec un petit frottement désagréable. Cou tranché d'une oreille à l'autre, le pourri sembla secoué par une décharge électrique. Un son écœurant s'échappa de la plaie béante, tandis qu'un jet de sang éclaboussait le bras de Bolan.

Mais déjà, ce dernier avait posé sa victime à terre, face contre terre. Il l'y maintint le temps de l'agonie, le fouilla, ne trouva rien, se redressa enfin, pour se fondre de nouveau dans l'ombre.

Quand ayant récupéré son PM il retrouva l'arrière de la villa, il éprouva un choc désagréable à l'épigastre.

Le deuxième gardien avait disparu.

Tous les sens en alerte, il allait se fondre de nouveau dans le noir du parc, quand soudain, un faible cliquetis métallique l'alerta. Il tourna la tête, sentit au millième de seconde ce qui allait arriver, aperçut la silhouette noire juste devant lui et vit le canon de l'arme lui arriver dessus.

CHAPITRE XIV

L'Exécuteur avait vu le canon de l'arme plonger vers lui et l'ordinateur de son cerveau avait immédiatement géré le problème. Dans un mouvement tournant de tout le corps, il glissa sur le côté, attrapa le canon, le dévia vers le haut et son pied droit partit en oblique montante pour aller percuter la face du pourri avec la violence d'un shoot de footballeur. Cela fit un craquement sinistre et le type partit en arrière, battant l'air de son bras libre. Dans le même temps, Bolan avait arraché le PM de son autre main et doublé d'un coup de poing en plein plexus.

Le garde émit un bizarre son de soufflet de forge, s'écroula à la renverse dans les roses. Mais déjà, Bolan l'avait attrapé par le col et de nouveau, la terrible lame remplit son office.

Quand le pourri ne bougea plus, l'Exécuteur le fouilla, trouva ce qu'il cherchait. Un trousseau de clés. Il décrocha la torche électrique que le gardien portait à la ceinture, se glissa vers la porte du garage, dut manipuler plusieurs clés avant de trouver la bonne. Le panneau bascula enfin sur lui-même, découvrant un grand rectangle plongé dans le noir. Il donna un coup de lampe, vit les silhouettes de trois voitures. Une Mercedes, une Fiat Argenta et... une Maserati Biturbo 2500 E.

W ne s'ennuyait pas.

Au fond du garage, l'Exécuteur avait déjà repéré la porte. Un seul panneau, en acier peint, apparemment solide. Il pesa sur la poignée et quand le battant s'ouvrit sur un escalier étroit en ciment, il se rejeta sur le côté, le Beretta prêt à faire feu. Mais il n'y avait personne et il monta la valeur d'un étage avant de rencontrer une autre porte, elle non plus pas verrouillée. Il faut dire qu'avec une telle armada de flingueurs, W n'avait en principe pas grand-chose à craindre.

Sauf peut-être l'Exécuteur.

L'Exécuteur qui venait de déboucher dans un immense hall carrelé de noir et de blanc et aux murs tapissés de tableaux apparemment de valeur. De chaque côté, des portes en bois naturel mouluré à double battant. Au fond, une autre porte d'un seul panneau, ouverte, qui donnait sur un deuxième petit hall et d'où parvenaient des sons confus, mélange de musique et de voix humaines. Silencieux comme une ombre, l'Exécuteur y fut en trois bonds. Ici, il y avait de la moquette par terre et les murs étaient tendus de velours rouge. Le petit hall donnait sur un couloir qui s'enfonçait dans les profondeurs de la maison. Sans doute vers les chambres. Bolan prêta l'oreille, perçut mieux les sons en question, haussa un sourcil surpris. A en juger par ce qu'il entendait maintenant, Vinco Verano ne semblait guère s'ennuyer.

Selon toute vraisemblance, il était en train de s'envoyer en l'air.

Situation délicate pour l'Exécuteur. Mais celui-ci n'hésita qu'une seconde. Il n'était pas venu là pour faire du tourisme. PM Beretta dans une main et 45 dans l'autre, il s'enfonça dans le couloir, parvint à une porte sous laquelle filtrait un rai de lumière rosée, appliqua son œil au trou de la serrure et ne vit rien de particulier. Pourtant, derrière le panneau, une femme était en train de gémir. De telle manière qu'on ne pouvait guère se tromper sur ses activités.

Alors, sans lâcher le 45, l'Exécuteur tourna la poignée.

Dans la seconde suivante, le panneau alla claquer contre le mur et Bolan découvrit à la fois le décor et ce qui s'y trouvait.

Une chambre. Un vaste lit défait, un gros porc rose à figure humaine vautré dedans. Complètement nu, masturbant un tout petit pénis apparemment assez mou en regardant un écran de télé.

Un écran de télé où se déroulait un film porno.

A l'entrée de Bolan, le cochon rose poussa un grognement furieux, voulut se redresser, se prit les jambes dans le drap, essaya d'ouvrir le tiroir de sa table de nuit. D'un bond, l'Exécuteur fut sur lui.

— Stop, ordonna-t-il. Plus bouger.

L'autre se statufia, les yeux hors de la tête et le souffle court. Le canon du 45 s'était enfoncé dans son foie et le regard de ce grand diable glacé le paralysait. Sans un mot, Bolan ouvrit le tiroir de la table de nuit, y trouva un petit 38 Smith & Wesson Bodyguard au canon de deux pouces, à la crosse « round butt » et au chien de percuteur protégé par une carcasse enveloppante. Une belle petite arme de spécialiste. Pourtant, avec son bataillon de flingueurs, Verano ne devait pas souvent avoir à se défendre lui-même.

— T'as plus besoin de ça, fit sèchement l'Exécuteur en empochant le 38.

— Mais... que... qui vous êtes ?

W semblait complètement dépassé. On le serait à moins. Un pénible espoir d'orgasme raté, suivi d'une agression à main armée... Bolan lui envoya une gifle en revers en plein sur la bouche. W eut la tête rejetée en arrière et il porta des doigts tremblants à sa lèvre fendue en gémissant :

— Je... j'ai rien fait ! Qui vous êtes ?

Tout cela sur fond d'ébats pornos filmés.

L'Exécuteur attrapa la télécommande, coupa le son, puis, plantant son regard minéral dans celui du *mafioso*, il laissa tomber de sa voix d'outre-tombe :

— Mon nom est Bolan. Mack Bolan.

A cet instant, tout le gros corps rose de Vinco Verano sembla se ratatiner d'un coup. Dans sa grosse face de gélatine, les yeux rouges prirent

une expression affolée et la bouche trop rouge s'ouvrit sur une plainte :
— Oh non!
— Si, renvoya l'Exécuteur. On croit toujours que ça n'arrive qu'aux autres, et puis tu vois...
— Mais j'ai rien fait!
— Si, Verano, renvoya la voix sépulcrale. Tu as choisi d'être un pourri. Et les pourris, je les flingue.
— Non!
— Je crains que si.

Verano lança un regard paniqué autour de lui comme pour chercher de l'aide, mais Bolan lui ôta aussitôt ses illusions.

— Tss, tss, fit-il. Ne rêve pas, W. J'ai buté tes flingueurs.
— Hein!

Cette fois, c'était l'incrédulité qui venait de passer sur la grosse face gélatineuse. Qu'on ait pu éliminer sa petite armée devait sacrément déstabiliser le *mafioso*. Bolan lui envoya une ombre de sourire glacé.

— Si, si, tu as bien entendu.

Le pourri haletait de trouille. Qu'il fût nu et qu'il ait été surpris en pleine masturbation-party ne lui importait plus. La seule chose qui comptait à présent était ce flingue qui fouaillait son foie. Rien que d'imaginer qu'une balle allait peut-être lui trouer la panse, il en avait la nausée. Bien sûr, on lui avait raconté des tas de légendes sur cet Américain qui flinguait les *amici* à tout va, mais justement, il s'était toujours accroché à cette idée de légende. Alors, de voir maintenant la légende en chair et en os... et en flingues avait de quoi perturber. Il avait beau chercher dans sa cervelle ramollie, il ne trouvait rien d'intelligent à dire. Finalement, comme il avait très peur, il lâcha d'une voix mourante :

— Me bute pas! Me bute pas, Bolan. Je... tiens, je vais te filer tout le fric que j'ai ici et dès demain matin, on ira dans les banques ensemble. Tu pourras...

— Tss, tss! Tu devrais savoir qu'on ne m'achète pas, W.

Un couinement de déception peureuse fusa de la bouche molle du pourri.

— Qu'est-ce que tu veux, alors?
— Je vais te le dire, W. Je vais te le dire.
— Oui! Dis-le. Je ferai ce que tu voudras!

L'Exécuteur se tut un instant, le temps de laisser l'autre mariner dans son jus. Puis, d'un ton quasi amical et d'une voix presque douce, il déclara :

— Elle s'appelle Marina Cornelli, elle a quinze ans, son petit copain Nino a été salement flingué et elle a elle-même disparu. Si tu me dis où je peux la retrouver vivante, tu es sauvé.

— Non! gémit encore le *mafioso*. Non!

Puis, après un court sanglot vite avalé, il geignit de nouveau :

— Comment tu veux que je sache ça, Bolan!
— J'espère pour toi que tu le sais, renvoya la voix d'outre-tombe. Et que tu vas me le dire dans les cinq secondes.

— Non, non! Attends! Attends, Bolan!

Le doigt de l'Exécuteur avait blanchi sur la détente du 45 et W paniquait de nouveau. Pour un peu, il se serait évanoui.

— Non!

Il marqua un temps, secoua misérablement la tête.

— J'ai entendu parler du gosse, admit-il. Et puis je lis les journaux. Mais pourquoi tu t'en prends à moi?

— Parce que tu es un pourri et que le gamin a été abattu à coups de flingue. Or les flingues, en Italie, c'est surtout la mafia qui les a, non?

— Mais... mais c'est pas moi qui l'ai buté, le gosse, merde! D'ailleurs, ça s'est produit à près de deux cents bornes d'ici.

— Je sais qu'il n'a pas été flingué où on l'a trouvé, contra Bolan. Je suis certain que ça s'est produit dans cette région précise. Je veux dire ici. Dans le secteur de Velletri. C'est toujours dans le coin qu'il emmenait la gamine se balader.

Verano secouait toujours la tête. Il transpirait à grosses gouttes et faisait peine à voir. Bolan lui envoya son esquisse de sourire glaçant, souffla:

— Tu ne sais vraiment rien, W?

— Non! Bien sûr que non!

— Dans ce cas, fit Bolan en déplaçant le canon du 45 pour l'enfoncer dans une narine du gélatineux, tu ne me sers à rien.

— Non! Arrête!

— Pourquoi est-ce que j'arrêterais? Tu sais

que quand j'épargne, c'est toujours donnant-donnant.

— Oui... oui, je sais !

Verano mourait littéralement de peur. D'un coup, une petite idée venait de germer dans son cerveau tordu, mais il savait qu'en parlant de ça, il enfreignait la sacro-sainte loi du silence. En parlant, il se condamnait à mort.

Sentant qu'un dilemme agitait W, Bolan poussa son avantage :

— Pense pas trop, W. Moi, c'est maintenant que je vais te tuer.

Disant cela, il avait encore enfoncé le canon dans la narine du pourri. Celui-ci couina, se ratatina sur le lit, agita les jambes comme un gosse en colère, finit par cracher :

— Attends ! Attends, Bolan. J'ai... j'ai peut-être quelque chose.

— Quoi ?

L'Exécuteur jubilait intérieurement. Venait-il réellement de frapper à la bonne porte ?

— Je... je viens de penser à un truc.

— Magne ton gros cul, W. Mon flingue s'énerve.

— Non, non ! Attends ! Je viens de penser à un truc qui peut t'aider sacrément.

— Accouche.

— Tu... tu me buteras pas ?

Pour toute réponse, Bolan enfonça un peu plus le canon de l'automatique. Verano couina de nouveau, tandis qu'un petit filet de sang commençait à sourdre de la narine blessée.

— Att... attends! Je... je connais qu'un type qui puisse répondre à ta question, Bolan. Un seul.

L'Exécuteur fronça les sourcils.

— Qui?

— Casamora.

Michele Casamora, le fameux *capo* des *capi* de la région! Celui dont les autres pourris avaient assuré qu'il était intouchable, même en dehors de sa forteresse de Velletri. Pour un peu, Bolan en aurait éclaté de rire. Au lieu de cela, son index appuya un peu plus loin sur la détente. Cela produisit un lointain et ténu bruit de ressort qui fit paniquer Verano. Dans un sursaut incoercible de tout le corps, il tenta d'échapper au flingue, mais Bolan le tenait bien et il n'y parvint pas. Finalement, ce fut en pleurant que W supplia:

— Me bute pas, Bolan.

— Tu dis des conneries, W. Tu ne me sers à rien.

Verano renifla, sembla s'abîmer dans un gouffre de réflexion, puis, d'une voix d'agonisant, il finit par avouer:

— Si. Je sais quelque chose qui va te permettre d'avoir Casamora.

Bolan tiqua.

— Encore une connerie?

— Non.

Cette fois, le ton de W s'était ressaisi. Comme si le fait d'avoir pris sa décision venait de lui ôter sa trouille. L'Exécuteur insista:

— Dans ce cas, accouche.

Encore une hésitation, puis, d'un coup, le *mafioso* lâcha :

— En plus de sa villa-forteresse, Casamora, il a fait aménager une planque. Un truc souterrain où il fait entreposer ses stocks de drogue en transit et ses stocks d'armes.

— Un truc souterrain ?

— Oui. Je sais pas exactement où c'est, parce que seuls deux types sont chargés de la surveillance et ils savent que s'ils parlent, ils sont morts.

— A quoi ça me sert, à moi, si je ne sais pas où c'est ?

Verano marqua un temps mort, plissa son gros front luisant de sueur, finit par lâcher encore :

— Je sais qu'au souterrain, Casamora s'y rend tous les quinze jours pour faire l'état des stocks.

— Et alors ?

— Alors, c'est là et là seulement que tu peux l'avoir.

— Ça me servirait à quoi ? C'est la gosse que je veux.

Un autre silence puis, battant des cils, le *mafioso* insista :

— Bien sûr, j'ignore si la mafia est dans ce coup pour les gamins, mais je sais que s'il y a un seul type au courant, ça ne peut être que Casamora.

— Figure-toi que j'y avais un peu pensé.

— Ouais, renvoya W. Mais Casamora, tu l'auras pas aussi facilement que moi. Surtout vivant.

Bolan réfléchit.

— O.K., dit-il. Mais tu dis toi-même que tu ignores où se trouve cet entrepôt souterrain.

Pour la première fois depuis l'intrusion de Bolan, Vinco Verano sembla se détendre imperceptiblement.

— Moi, dit-il, c'est vrai que je l'ignore. Mais en dehors de Casamora, il y a peut-être quelqu'un qui le sait.

Le regard de l'Exécuteur se fit aigu et son doigt se crispa un peu plus sur la détente du 45.

— Qui ?

Sa voix avait claqué comme un coup de fouet. W sursauta, parut sur le point de paniquer de nouveau, puis, dans un souffle, il lâcha :

— Il s'appelle Antonino. Antonino Scala. C'est un pédé de vingt ans... et c'est le jules de Casamora.

Ça, c'était un scoop. Un vrai.

D'abord parce que ce nom-là ne figurait nulle part sur la liste des fédéraux, ensuite, parce que sur cette même liste, Michele Casamora était... marié.

Il avait même trois fils.

Un long silence suivit cette révélation. Toujours sous la menace du 45, Vinco Verano comprenait qu'il venait de marquer un point important. Et il en fut extrêmement soulagé.

Ce fut donc le crâne d'un pourri extrêmement soulagé qui éclata sous l'impact de la 45 ACP du beau colt Stainless gravé.

Comment laisser vivre un témoin aussi gênant ?

CHAPITRE XV

— Qu'est-ce que tu veux faire?
Masque mauvais, l'Exécuteur ne répondit pas et Jack Grimaldi fit la grimace. Les deux hommes venaient de se retrouver sur le petit aéroport de Ciampino où l'avion-cargo US venait de livrer le char de guerre... avec deux jours de retard. Au point que Bolan avait un moment songé à aller attaquer la villa-forteresse de Casamora, armé de son seul poignard. Maintenant, fou de rage glacée contre la trop tâtillonne administration américaine, il conduisait à tombeau ouvert sur la petite route. Heureusement qu'il connaissait maintenant ce raccourci. Grâce à cela, il allait pouvoir rallier Rome par la Via Appia Antica. Ça allait secouer dur, mais au moins, la circulation y serait rare.

— Où est-ce qu'on va? tenta encore Grimaldi en s'accrochant à la poignée fixée au-dessus de lui.
— A Rome.
— Quoi faire?
— Te déposer à l'hôtel. Ensuite, j'irai faire ce

que j'ai à faire. En espérant qu'il ne sera pas trop tard.

Le pilote lança un regard en coin à Bolan.

— Je peux pas savoir ?
— Non.
— Bon.

Le char de guerre arrivait justement sur la Via Appia Antica. Ils commencèrent effectivement à sauter au rythme des grosses dalles antiques et au passage, un trio de putes maquillées comme des clowns apparut dans le pinceau des phares. Jack Grimaldi éclata de rire et, parce qu'il ne pouvait pas rester en colère contre cet ami qui n'était pour rien dans le retard de l'avion, Mack Bolan esquissa enfin une ombre de sourire. Puis, pris par la magie du lieu, il entreprit de lui expliquer ce qu'il avait lui-même appris quelques jours plus tôt de la bouche de Brognola, à propos des sites historiques qu'ils traversaient. Enfin, la Porta San Sebastiano fut là et le van enfila la longue avenue qui allait jusqu'aux termes de Caracalla. Au Colisée, Bolan était enfin détendu et ce fut d'une humeur presque gaie qu'il lança le char de guerre à l'assaut de la Via dei Fiori Imperiali. Sentant l'Exécuteur plus disponible, Jack Grimaldi questionna encore :

— Qu'est-ce que t'as de si urgent à faire ?

Bolan secoua la tête, finit par tout lui expliquer. Quand il eut terminé, le pilote lui lança un long regard en biais, avant de lâcher du bout des dents :

— C'est vicelard.

— J'espère que ça l'est assez pour faire craquer Casamora, grogna l'Exécuteur. Parce qu'autrement, à part réduire sa villa-forteresse en bouillie, je ne vois pas que faire d'autre.

— Et pourquoi ne pas commencer par là?

L'Exécuteur y avait évidemment pensé.

— Parce que je veux conserver toutes mes chances de récupérer la gamine vivante. Si c'est encore possible, ajouta-t-il sombrement.

Grimaldi hocha la tête.

— Sinon, il te restera effectivement la consolation de tout raser.

— Humm, grogna encore l'Exécuteur.

Puis après un temps mort, alors qu'ils approchaient du Corso, Grimaldi lâcha:

— Emmène-moi avec toi.

— Non.

— Mack! Tu ne pourras peut-être pas tout régler tout seul. Il faudra bien quelqu'un pour piloter le van!

C'était vrai. En cas de difficultés, un pilote pouvait servir. L'Exécuteur réfléchit. Il avait horreur de mêler ses amis à ses blitz sans raison majeure. Et ce soir, il n'avait pas vraiment besoin d'aide. En principe, il n'aurait pas vraiment affaire à une armée. Pourtant...

— O.K., finit-il par accepter. Mais tu ne bouges pas du van.

— Promis.

— Quoi qu'il arrive.

— Juré.

— Alors, *andiamo*!

En principe, le blitz était sur la dernière ligne droite.

Pour le succès... ou pour l'échec.

Tito Foreza s'ennuyait. Il ne se passait jamais rien, dans sa vie, depuis qu'il avait été bombardé *baby-sitter* de l'autre pédale et qu'il passait ses soirées dans cette boîte de lopettes en strass et en plumes. Rien que des pédés et des travelos. Pour un homme vrai qui s'y connaissait en femmes, c'était le comble de la pénitence. Mais il avait été nommé pour ce boulot par Michele Casamora en personne et il était conscient de deux choses. La première était que ce job de confiance constituait un véritable honneur pour lui, la deuxième, une menace de mort permanente.

A la moindre indiscrétion de sa part, il était flingué.

Alors, enfermé dans cette loge pourrie qui sentait la sueur et les parfums de pute, Tito Foreza entamait doucement le lent et inexorable processus de la dépression nerveuse. Tout ça devant un magnum de Moët et Chandon qu'il n'avait pas le droit de toucher!

Et à moins d'un miracle...

La porte s'ouvrit subitement sur la longue silhouette gracile d'Antonino. Bourré de paillettes des pieds à la tête, le cul orné de plumes d'autruche, quasi nu sous les fards. L'éphèbe dans toute sa splendeur. Blond, yeux verts étirés vers les tempes, bouche gourmande un rien canaille, lascivité totale du corps.

Plus pédé, on crevait.

— C'est fini ? questionna Foreza comme tous les soirs.

Il détestait cette revue du *Carlotta*. D'ailleurs, il détestait aussi le *Carlotta*. Une boîte rupine planquée dans un sous-sol de la Via Alessandro, en plein Trastevere, le quartier branché de la rive gauche de Rome. Un secteur bourré de fric, de putes, de maquereaux et de pédés. Il y avait aussi beaucoup d'artistes, mais ceux-là, Tito Foreza ne savait pas les reconnaître.

— Ouf, répondit Antonio Scala d'une voix légèrement rauque que tous ses amis trouvaient terriblement sensuelle. C'est fini ! Mais j'ai bien cru ne jamais pouvoir sortir de scène, fit-il dans un petit rire qui ressemblait au roucoulement d'une colombe. Ils me voulaient tous tellement !

Tito Foreza l'aurait tué.

— Bon, dit-il. On y va.

— J'ai envie d'aller boire un magnum de Moët et Chandon.

— Non.

— Juste une coupe, Tito adoré ! Piazza Navona !

— Non.

Là, Tito était tranquille. L'ordre venait du boss. Pas de beuveries avec les petits copains le soir. On rentrait sagement à la maison. Un penthouse de grand luxe sur les terrasses qui s'étalaient au pied de la Villa Medicis. Un truc dont le loyer coûtait trois ans de salaire de Tito. Mais il n'était pas jaloux. Lui, son cul, il était intact.

— Allez, fiston, dit-il en jetant une longue cape noire sur les épaules d'Antonio. Faut y aller. Le patron doit déjà être au téléphone.
— D'accord, d'accord! soupira l'homosexuel. Allons-y!

Ils quittèrent la loge et Tito dut encore patienter deux ou trois minutes, le temps de signer quelques autographes aux fans, puis, son immense carcasse faisant brise-lame, il se fraya un chemin dans la petite foule des folles perdues. Le gorille répondit au signe de tête respectueux d'un petit vieux qui surveillait la porte du couloir des loges, puis ils s'enfoncèrent dans un dédale sombre et malodorant. Celui qui conduisait à une sortie secrète. Celle que les fans ne connaissaient pas et qu'on avait fait ouvrir pour Antonio Scala.

On ignorait avec qui il couchait, mais on était sûr que c'était avec un ponte.

Mais alors qu'ils allaient aborder le dernier coude du couloir, une masse noire se dressa soudain devant Tito et une lampe-torche l'aveugla subitement. Vive comme l'éclair, la main du gorille avait déjà filé vers l'intérieur de sa veste. Hélas, il avait été cueilli à froid et son geste eut quand même un peu de retard sur celui de l'inconnu. Il y eut un éclair, un « flop » de bouchon de champagne qui saute, suivi d'un petit chuintement bizarre.

Tout s'était passé si vite qu'Antonio Scala n'eut pas le temps de comprendre. Ni de voir le front de Tito s'ouvrir comme une pastèque pour libérer sang et cervelle autour de lui. Il ressentit seulement une étrange piqûre au cou puis, très vite, il fut emporté dans les profondeurs d'un gouffre insondable.

***

— *Tu viens de signer ton arrêt de mort, Bolan!*
La voix glacée de Michele Casamora faisait frémir les membranes de l'enceinte acoustique du char de guerre. Une voix qui faisait aussi trembler les hommes. Mais Mack Bolan n'avait jamais tremblé devant aucun représentant de la sinistre *Organized Crime*. Au contraire, c'était souvent sa propre voix qui déclenchait la peur chez l'ennemi. Une voix à la fois si tranquille et si glacée qu'elle ne pouvait qu'appartenir à la mort.

— *Si tu lui touches un cheveu, fumier, je te ferai bouffer tes couilles!* cracha encore le *capo* des *capi* par la voie des ondes. *T'as bien entendu?*

L'Exécuteur adressa un petit sourire rassurant au pauvre Antonio Scala. Recroquevillé sur la couchette du module de repos, un poignet pris dans une menotte fixée à un piton de la cloison blindée, il dardait sur Bolan un regard étrangement dilaté. Comme fasciné. Encore quelques jours de cette promiscuité, et il allait se jeter à ses genoux en le suppliant de le prendre comme une chienne. Des mâles comme ce type à la gueule granitique, il n'en avait jamais vu d'aussi près.

Ça faisait un drôle d'effet.

Riant sous cape, Jack Grimaldi assistait au duel téléphonique entre Casamora et Bolan. Il ignorait si ça allait déboucher sur un succès ou non mais, en tout cas, il s'amusait comme un fou.

Parce qu'en plus, Antonio Scala était drôle.

Un humour corrosif qu'il diffusait dans un anglais un peu précieux et qu'il agrémentait d'anecdotes à hurler de rire. Bref, après deux jours de cohabitation dans le van, Jack Grimaldi n'en pouvait plus de rire. Il en avait mal aux côtes. Seulement, à toute médaille, il y avait un revers. Et celui d'Antonio Scala, c'était de ne pas connaître l'existence du moindre entrepôt souterrain secret appartenant à son *amico* de protecteur.

Ou alors, il ne voulait pas le dire.

Ce qui revenait exactement au même car, bien entendu, il n'était pas question pour Bolan de torturer l'éphèbe.

Alors, ne restait plus que la solution du chantage. Rarement utilisée par l'Exécuteur mais, cette fois, la vie d'une gamine était peut-être en jeu.

— *T'as bien entendu, Bolan ?*

Il avait l'air sacrément mordu, le *mafioso*.

— Affirmatif, pourri, lança la voix d'outre-tombe dans le combiné de bord. J'ai parfaitement entendu.

— *Alors*, grinça le mafioso, *à demain soir*.

— A demain soir, fit Bolan en écho. Tâche de venir seul et sans armes.

— *Ouais! T'as intérêt aussi! Parce qu'en cas d'embrouille...*

— N'oublie quand même pas ton protégé, coupa l'Exécuteur. Pense à sa santé.

— *Ta gueule !*

Un tendre, Casamora !

— Tu veux lui parler ? proposa quand même Bolan.

— *Va te faire mettre par les Arabes !* répondit très grossièrement le *mafioso*.

Il y eut un déclic dans la sono, puis ce fut le silence. Un silence rompu dix secondes plus tard, par Scala l'éphèbe :

— Dieu qu'il est raciste, mon Michele !

Grimaldi pouffa dans sa main, il y eut un autre silence, puis, s'étirant comme une chatte sur la couchette, Antonio Scala lança d'une voix toute chavirée :

— Et il a très, très envie de vous les couper, vous savez !

Avec tout de même un soupçon de regrets dans le ton.

CHAPITRE XVI

— *Il ne viendra plus, l'enfoiré !*

La voix déformée de Grimaldi avait résonné dans le talkie-walkie à la manière d'un glas. Assis derrière le volant de la grosse Fiat Argenta modèle 85, l'Exécuteur attendait à l'angle de la Piazza Galeria et de la Via Glicia depuis plus d'une demi-heure. Et toujours rien. A croire effectivement que Michele Casamora ne viendrait plus. Ou qu'il avait tendu un piège. Mais si piège il y avait, c'en était un superbe. Situé non loin de la Porta San Sebastiano, le secteur était en effet complètement désert à cette heure de la nuit.

Il était deux heures du matin et depuis l'arrivée de Bolan, aucun véhicule ne s'était arrêté dans le coin.

Maintenant, la place était déserte et la circulation venant surtout de la ville était quasi nulle. Bien sûr, l'Exécuteur était venu reconnaître les lieux la veille et aujourd'hui. Il avait relevé les moindres détails et Grimaldi avait même pris des photos. Une série toutes les heures. Des clichés qu'ils avaient soigneusement comparés lors du dernier briefing et qui n'avaient rien apporté de nouveau. Aucun des véhicules arrivés là au cours de la surveillance ne semblait suspect.

A croire aussi qu'on aurait pu donner le bon Dieu sans confession à Casamora. Ce que l'Exécuteur n'était pas absolument enclin à faire.

— *Lévrier appelle Dakota. Lévrier appelle Dakota*, fit soudain la voix de Grimaldi dans le talkie-walkie.

— Dakota écoute.

— *J'ai vu déboucher une Mercedes de la Via Latina. Le numéro correspond au* listing-computer.

L'Exécuteur sentit instantanément une petite excitation monter en lui. Posées bien en vue sur le volant, ses mains étaient parfaitement éclairées par un réverbère de la place et on pouvait voir qu'il ne portait pas d'arme. Il était garé en double file, juste à l'angle de la Via Glicia et sa portière n'était pas verrouillée.

Afin de mettre de son côté tous les atouts pour essayer de récupérer la jeune Marina, il avait décidé de jouer le jeu à fond. Pas une seule arme dans la Fiat. Mais cela ne voulait évidemment pas dire qu'il n'avait pris aucune précaution. En fait, il attendait de voir. Cela comportait bien entendu quelques risques, mais c'était le poker de la vie et de la mort. Comme pour le jeu de cartes, il fallait payer pour voir.

— *Dakota* ?

— J'entends.

— *La Mercedes descend la Via Latina. Je suis pas sûr qu'elle n'est pas en sens interdit, mais on s'en fout, il n'y a personne. Elle va vers la place.*
— Il a baissé ses glaces comme convenu ?
— *Affirmatif. A priori, no problem. Attends... oui, oui, il y a bien une fille à côté de lui. Avec de longs cheveux et un bras posé sur la portière.*

Cette fois, l'excitation de l'Exécuteur était montée d'un cran. Marina ! Casamora avait tenu sa promesse. Il avait retrouvé l'adolescente et l'avait bien amenée avec lui ! Bolan n'osait y croire. Pour une fois, un membre de « l'honorable société » respectait sa parole. Exploit à marquer d'une pierre blanche. Il fallait quand même que le vieux truand ait le jeune Scala dans la peau.

— O.K., dit-il. Tu le suis à vue jusqu'à l'angle. Après, il est à moi.

A bord du char de guerre stationné dans le secteur, Grimaldi pouvait profiter de toute la technologie de pointe du module opérationnel. Comme par exemple le système de surveillance vidéo avec son dispositif de vision de nuit et son puissant « resserrage » au zoom. Un matériel qui coûtait une fortune, mais que l'Exécuteur avait payé avec les fonds confisqués à la mafia. Comme le fonctionnement de la Fondation Miséricorde.

— *Attention, Dakota,* prévint Grimaldi. *Il va être à toi.*

— Vu ! lança l'Exécuteur dans l'appareil. Reste en contact.

Il venait effectivement d'apercevoir la

calandre de la grosse Mercedes sombre au débouché de la Via Latina.

— *Bien reçu*, lança encore Grimaldi avant de se taire.

Maintenant, la Mercedes s'était engagée sur la Piazza déserte. Elle stoppa à la hauteur d'une camionnette de livraison qui n'avait pas bougé depuis la veille et que Bolan avait surveillée à plusieurs reprises sans rien y trouver d'anormal. D'ailleurs, la Mercedes avait repris son chemin et s'apprêtait à faire le tour de la place pour venir à la hauteur de Bolan. Ce dernier suivait sa progression avec attention, mais à cause du sens giratoire, la voisine de Casamora était assise côté circulation. Donc, pas très visible. Néanmoins, on voyait parfaitement qu'il y avait une fille à bord et que...

— Shit !

La voix de l'Exécuteur avait claqué dans l'habitacle de la Fiat comme un coup de feu.

Claqué comme le volet.

Celui du premier étage du petit immeuble orange. Comme ceux aussi de l'autre immeuble. Celui devant lequel la Mercedes venait de passer. Des volets qui s'étaient tous ouverts presque en même temps. Aussi, quand la Mercedes recula en trombe pour disparaître dans la Via Latina qu'elle venait de quitter, l'Exécuteur ne fut-il pas surpris d'entendre les premiers coups de feu.

Des coups de feu tirés des fenêtres de la place !

— *L'enfoiré !* cria Grimaldi dans le talkie-walkie. *Il se tire !*

— Vu ! lança Bolan. Rapplique, c'est un piège !

C'était même un sacré beau piège.

Mortel.

CHAPITRE XVII

Bien sûr, l'Exécuteur n'était pas naïf au point de croire que Casamora resterait sans réaction. Des pièges, il en avait évidemment imaginé une bonne douzaine. Mais celui-là nécessitait, soit de nombreuses complicités parmi les locataires des immeubles, soit des prises d'otages en masse.

Bolan optait évidemment pour le deuxième cas de figure.

Ce qui ne résolvait rien.

— *Magne-toi, Striker*, lança encore Grimaldi dans la sono du bord. *Ça va serrer très fort!*

Il y eut un déclic dans l'appareil. Le pilote ne perdait plus de temps en bavardages. Il était déjà en route. Pendant ce temps, Bolan sentait les premiers impacts de balles faire frémir la grosse Fiat. Dès le claquement du premier volet, il avait enfoncé la touche qui remontait électriquement les vitres. Une manœuvre extrêmement rapide. Le genre de gadget qu'on ne trouvait pas dans le commerce. Pas plus que les vitres de deux centimètres d'épaisseur ni l'acier spécial dont la Fiat était équipée.

Une Fiat de l'ambassade US. Blindée.

Bolan ignorait comment Hal Brognola s'y était pris, mais il la lui avait livrée le matin même, avec des papiers établis au nom de... John Smith!

— *Attention, Striker!* jeta soudain la voix de Grimaldi dans le talkie-walkie, *voilà du monde!*

En effet, des cinq rues débouchant sur la place, des voitures arrivaient en trombe et en même temps. Une véritable armée. Au moins dix véhicules. Glaces ouvertes et canons d'armes crachant le feu. Sans l'astuce de la Fiat, l'Exécuteur aurait été haché sur place. Déjà, les vitres latérales et le pare-brise s'étoilaient de partout. Si les pourris se mettaient au gros calibre avant l'arrivée du char de guerre...

Mais le char de guerre arrivait.

Il déboucha lui aussi en trombe de la Via Acaia, percutant une voiture au passage qu'il envoya s'écraser contre le flanc de la camionnette de livraison. Il y eut une explosion sourde et la voiture prit aussitôt feu, vomissant ses occupants paniqués. L'un d'eux, le feu déjà accroché à sa veste, ne savait plus que faire de son PM Franchi LF 57. Ce fut le van qui décida pour lui. Lancé sur sa trajectoire, le lourd véhicule hyper-blindé cueillit le type dans les reins, le souleva de terre avant de l'envoyer cinq mètres plus loin pour finalement le rattraper et rouler dessus.

Dix secondes après, le van pilait juste à côté de la Fiat.

L'Exécuteur déverrouilla, ouvrit la portière et, profitant du bouclier du char de guerre, il sauta dehors. Déjà, le panneau latéral s'ouvrait dans le flanc du van. Il plongea dedans, referma aussitôt derrière lui et pénétra en trombe dans le module opérationnel.

Sauvé !

Mais très en colère. Une lueur sauvage dansait dans les prunelles d'acier de l'Exécuteur quand il passa devant la porte ouverte sur la cabine de repos. Livide, Antonino Scala leva sur lui un regard complètement dépassé. Bolan grinça :

— Ton amoureux vient de t'éjecter, mon petit vieux.

Bien sûr, l'éphèbe avait déjà compris. Lèvres serrées, il siffla entre ses dents serrées :

— *Il finocchio* ! Le pédé.

Un comble.

Déjà, Bolan était à la console technique du module opérationnel. Pour un blitz, ça allait être un vrai blitz. Si les pourris qui s'étaient donné rendez-vous ici pour le hacher sur place ne finissaient pas par se descendre entre eux, il allait s'amuser un peu.

Quant à Casamora, il le retrouverait bien un jour.

— *Striker ?*

Grimaldi. Par le circuit interne du van.

— J'écoute, renvoya Bolan en commandant les clapets des lance-grenades latéraux du char.

— *Un gros gourmand se pointe à onze heures.*

— Vu.

Grâce à la vidéo extérieure, l'Exécuteur venait en effet de voir une grosse Mercedes d'un modèle ancien. Apparemment très lourde. Sans doute blindée aussi.

— *Alors, amuse-toi bien.*

— Thanks.

Sur l'écran également vidéo de la visée tourelle de toit, il voyait les silhouettes dans la Mercedes. Pas inquiets, les pourris continuaient à s'avancer dans la direction du van. Soudain, un gros tube sortit de la glace avant droite et Grimaldi cria :

— *Attention, Striker. C'est du gros calibre.*

— Vu.

Bolan avait actionné la sortie de tourelle. Les vérins montaient doucement dans un chuintement huilé. Du coin de l'œil, il surveillait le servant du tube de la Mercedes. Si l'autre balançait son weapon antitank de plein fouet, le quadruplex spécial NASA du pare-brise risquait d'en prendre un sérieux coup. Malgré son système d'amortisseurs antivibratoires intégré dans le bâti. Pourtant, on avait prévu le cas. Tout était conçu selon les techniques de pointe les plus sophistiquées et, avec ses quatre écrans de contrôle vidéo à incrustations évolutives, les claviers à digitaux de la console et sa série de minis écrans de visées avec leurs croisillons rouges, le char de guerre ressemblait exactement à ce qu'il était.

Un engin de mort du futur immédiat.

— *Attention, Striker!* envoya encore Grimaldi. *Tu traînes!*

L'Exécuteur ne « traînait » pas. Simplement, avec tous ces immeubles autour, il n'avait pas envie d'envoyer son petit cadeau dans la nature. Refoulant la notion de danger dans le tréfonds de sa conscience, il manœuvrait un mince levier sur rotule, faisant se déplacer l'image de rue que renvoyait son écran de visée N° 1 pour fixer la petite croix rouge sur le pare-brise de la Mercedes. L'image rosâtre était d'une netteté étonnante. Il opéra un zooming et la tête du servant apparut en gros plan sur l'écran. Une face grossière et grimaçante de rage. L'imbécile était empêtré dans son matériel et ne savait plus comment faire. Dans le regard de l'Exécuteur, une lueur joyeuse s'était allumée. Si l'autre tirait son truc de l'intérieur de la Mercedes, ils n'allaient pas être déçus du voyage. A cause de la flamme de lancement. Pendant ce temps, il avait positionné l'intersection de la croix de visée en plein sur le front du servant et déjà, son index effleurait le curseur de pré-mise à feu.

Pré-mise à feu de la lance thermique de toit.

Un fabuleux gadget digne de l'enfer.

Egalement mis au point par la NASA et arrivé en possession de Bolan par différents canaux plus ou moins avouables. Un petit trésor technologique.

Dès que le témoin de sortie de la « lance » s'alluma, un bip sonore annonça le pré-chauffage. Dès lors, tout était programmé pour être opérationnel dans exactement cinq secondes, mais en cas d'urgence maxi, Bolan avait quand même prévu un lancé de missile. De ce côté-là, le point était fait depuis longtemps. Mais le matériel était plus gros. Plus voyant. Pour la lance, un témoin extérieur ne pouvait voir qu'une sorte de piétement d'antenne cassée, monté sur son axe pivotant. Banal.

Pendant ce temps, sur l'écran de visée de la console, le croisillon avait viré à l'orange vif, avec, au centre de la croix, un point plus lumineux. La « puce » d'impact. Cinq secondes plus tard, dans le coin supérieur droit de l'écran, un petit symbole en forme d'éclair apparut, souligné du mot « opérative ».

Tout était prêt.

Six cents à vingt mille degrés pouvaient désormais passer entre la lance thermique et son objectif. De quoi transpercer ou faire fondre sur place le blindage d'un char d'assaut moderne ou un bunker en béton. Sans que la moindre trace du « rayon » ne figure dans l'espace. Seule précaution à prendre : veiller qu'aucune « cible innocente » ne traverse le rayon.

Précaution également valable pour le jeu de fléchettes.

Maintenant, il ne restait plus qu'à « faire cuire ».

L'Exécuteur régla le thermostat électronique sur six mille degrés, pointa le centre de la croix lumineuse sur le front du servant, effleura enfin une touche digitale qu'Herman Schwarz avait pris la précaution de « sécuriser » au fond d'une alvéole. Ainsi, tout risque de « tir » accidentel était écarté.

D'abord, sur l'écran, hormis l'allumage au rouge du symbole-éclair, il sembla que rien ne se produisait. Mais, en regardant de plus près, on pouvait suivre le changement radical qui était en train de s'opérer sur le pare-brise blindé de la Mercedes. En gros plan, il y avait comme une sorte de bouillonnement discret, un peu comme si l'image devenait floue. En réalité, à trente mètres de là, le verre était en train de fondre comme caramel. Une opération éclair. Quatre secondes exactement. Derrière le verre spécial, les pourris venaient de réaliser le problème. L'un d'eux sauta dehors, vida son PM Uzi dans le nez du van, resta tout bête devant l'inutilité de l'exploit et Bolan libéra les lance-grenades M.40 logés dans les meurtrières de portières avant. Il y eut quatre jets lumineux qui ressemblaient à des feux d'artifice ratés, puis les quatre engins explosèrent quasiment en même temps. L'un d'eux, exactement sous la caisse d'un Ford qui venait d'arriver et déversait son lot de *soldati*.

C'était la guerre. La vraie.

La Ford fut soulevée, son réservoir explosa et quatre torches vivantes se mirent à se rouler par terre dans un concert de hurlements.

Pendant ce temps, l'Exécuteur avait forcé le thermostat de la lance thermique. Grâce au zoom de l'écran et tandis qu'un feu d'enfer frappait le van de partout, tandis que l'incendie de la Ford se propageait à d'autres véhicules, il vit le verre du pare-brise se mettre à ruisseler. Puis subitement, le servant du lance-missiles ennemi ouvrit très grands les yeux et la bouche, et son front parut se gonfler, se déformer comme sous le coup d'une terrifiante poussée interne.

Normal. Le cerveau du type bouillait.

Un cerveau qui, trois secondes plus tard et selon le principe de la fameuse cocotte-minute, explosa en faisant éclater la boîte crânienne.

Vision de grand-guignol.

Mais déjà, l'Exécuteur avait reporté son attention ailleurs. Tout là-bas, de l'autre côté de la place où une autre très grosse Mercedes était venue en renfort. Et cette fois, le servant du lance-roquettes était sorti. Maintenant, jambes bien écartées et viseur en ligne, il posait son gros doigt sur la détente de mise à feu.

Plus question de finasser. Avec la vitesse et la précision de l'expérience, Bolan rectifia la visée du lance-missiles de la tourelle, sélectionna l'option *Fire-Bomb* et, d'un doigt sûr, il enfonça la touche de mise à feu. Le van fut doucement secoué par le départ de l'engin et une élégante comète lumineuse décrivit sa course gracieuse dans le ciel... avant de piquer sur le type au « tube ». Cela fit une explosion sourde, puis, dans une gerbe d'étincelles éblouissantes, le servant et son engin explosèrent.

Cette fois, ce fut l'hallali.

Des voitures qui étaient arrivées en trombe repartirent... en trombe. D'autres essayèrent mais n'y parvinrent pas et des silhouettes jaillies des véhicules en feu s'égayaient tous azimuts. Soudain, dans les lueurs des brasiers et tandis que des sirènes hululaient dans le lointain, l'Exécuteur l'aperçut.

La belle Mercedes.

Celle de Michele Casamora. Réfugiée plus loin dans la Via Latina. Comme en observateur. Gonflé, le pourri en chef. Bolan pointa le zoom sur la limousine, cadra d'abord la passagère et poussa un soupir de dépit. Il s'était fait avoir comme un bleu.

Marina Cornelli n'était qu'une poupée gonflable.

Avec perruque et fringues. La grosse farce !

Jurant intérieurement, l'Exécuteur cadra enfin la face dure et tannée du *capo*, vit qu'il était en train de téléphoner. Alors, comme ça, l'idée lui vint d'écouter.

Parce qu'on ne sait jamais.

Grâce au micro-canon de l'IRAS, l'Infra-Red Acoustic Sensor, tout était maintenant possible et personne n'était à l'abri d'écoutes sauvages. Un engin d'écoute à distance, dont le rayon laser à modulation variable piégeait les sons à la source, avant de les renvoyer à son émetteur ultra-sensible, ce qui les transformait en signaux audibles. C'était à la fois simple et compliqué.

Bolan effectua la manœuvre et se mit à l'écoute.

Et il entendit.

*
**

— ... *putain, Maxie, je sais bien que tu es mon avocat! Mais tu me vois sonner le tocsin chez les carabiniers? T'es dingue!*

— ....

— *Mais non, bordel! Mais non, je l'ai pas, sa pisseuse!*

— ....

— *Et alors! Qu'est-ce que j'en ai à foutre qu'elle soit l'orpheline de Cornelli...*

Soudain, Bolan n'écoutait plus. Casamaro était donc de bonne foi! Il ignorait ce qu'était devenue la gamine! Incroyable. Déjà, l'Exécuteur avait branché le select-phone-research. Un système commuté sur la centrale computers du bord et qui pouvait « piéger » une ligne téléphonique tant qu'elle était en phase de fonctionnement. Il manipula des curseurs, coiffa le casque audio, trouva un écho, « gomma » friture et interférences, obtint enfin un son acceptable. Alors, il brancha son micro et appela:

— Casamora?

Sur l'écran, il vit la face stupéfaite du *capo* se figer en regardant partout à la fois.

— Oui, Casa, c'est moi, Bolan. J'ai entendu. Paraîtrait que tu ne sois pour rien dans l'histoire des deux mômes. O.K., je veux bien l'admettre. Seulement le problème reste entier. Je vais foutre le bordel tant que je n'aurai pas retrouvé la gamine. Alors, t'as le choix. Ou tu profites de ton autorité ici pour mener fissa une enquête fleuve et me ramener la gosse, ou tout ce que tu possèdes par ici sera réduit en poussière avant l'aube.

— *Mais, merde, Bolan! Je comprends rien à ton truc de téléphone. Je comprends rien non plus à cette histoire de pisseuse disparue. Et j'y suis pour rien!*

Une esquisse de sourire sans joie étira les lèvres de l'Exécuteur qui rétorqua derechef :

— Cherche bien, Casa. Dans ta position, tout ce qui est vérolé et crapuleux par ici, c'est sûrement un peu ta faute. Cherche bien.

Il marqua un temps, ajouta perfidement :

— Fais vite. Le coût de la reconstruction, en ce moment...

Mais le *capo* des *capi* avait raccroché son téléphone et la belle Mercedes disparaissait déjà au loin. Maintenant, les sirènes de police et de pompiers s'approchaient dangereusement. Pour le guerrier solitaire, il était temps de filer.

En espérant très fort avoir fait peur à Casamora.

— O.K., fit Bolan. On fonce.
— Où ça ? lança Grimaldi.
— Chez lui.

CHAPITRE XVIII

— La vache ! Il se tire !

Bien avant l'avertissement de Grimaldi, Mack Bolan avait déjà compris. Rien qu'en entendant le grondement du moteur. Deux secondes plus tard, la Porsche surgissait sur la route. Elle évita par miracle une fourgonnette qui arrivait en trombe, érafla l'aile avant d'une petite Fiat, avant de foncer à la vitesse de la foudre en faisant hurler ses pneus. A cet instant, l'Exécuteur aurait encore pu réduire la Porsche en bouillie. Notamment grâce à la lance thermique toujours en batterie. Mais une petite voix intérieure était en train de lui murmurer à l'oreille que Casamora allait au charbon pour lui.

Marrant, finalement.

En attendant, il convenait de respecter ses engagements. Le van n'avait pas parcouru quarante bornes de routes merdiques pour faire du tourisme. Puisqu'ils étaient quasiment à pied d'œuvre...

— On y va, lança-t-il à Grimaldi en indiquant l'entrée du chemin.

Tous feux éteints, le char de guerre s'engagea sur la droite et se mit à grimper. Ils avaient passé Velletri cinq kilomètres plus bas et maintenant, c'était déjà un peu la montagne. C'était la pleine lune, ce qui permettait de voir les détails de loin.

Comme par exemple le portail de la forteresse de Casamora.

Un truc en acier massif qui devait peser plus lourd qu'un tank. De quoi arrêter n'importe quel véhicule classique. Et peut-être même aussi le char de guerre. Autour, rien ne bougeait et on ne voyait pas la moindre lumière. Pourtant, Bolan en était sûr, toutes les troupes de Casamora étaient massées derrière ces murs épais. Y compris les rescapés de la Piazza Galeria. Si les infos de Necker étaient aussi justes, les troupes du *régime* personnel de Casamora se composaient d'environ quarante *soldati*. Des sévères et très bien armés. L'Exécuteur avait pu le vérifier un peu plus tôt. Sans la protection du char de guerre, les pourris auraient fait de la pulpe avec sa carcasse. Maintenant, restait à réduire les restes de cette force de frappe à son minimum. Et là-dessus, Bolan avait sa petite idée.

Une idée très romantique.

Fort Alamo.

Avec lui comme assiégeant.

Dans le puissant pinceau des phares à iodes, l'Exécuteur passait chaque détail de la villacitadelle en revue. Il avait noté les meurtrières tout en haut des murs massifs et le chemin de ronde sur lequel quelques silhouettes apparaissaient parfois furtivement. Pour le moment, c'était le statu quo. On s'observait des deux côtés, avec quand même un tout petit avantage pour l'Exécuteur. En effet, les autres n'étaient pas sûrs qu'il attaquerait, lui si. Comme il savait que les autres ne déclencheraient pas eux-mêmes les hostilités. Casamora n'était pas fou. Il avait dû donner des ordres en conséquence. Histoire d'essayer de préserver son bien.

— Qu'est-ce qu'on fait ?

La voix de Grimaldi. Quant à Antonio Scala que Bolan avait un instant songé à libérer, il avait tenu à rester avec eux. Bizarrement, il avait l'air d'apprécier l'aventure et surtout, il en voulait beaucoup à Casamora de l'avoir sciemment sacrifié dès le départ. De son côté, Bolan réfléchissait. A la manière la plus efficace de faire beaucoup de dégâts dans un minimum de temps. Il avait fait stopper le char de guerre derrière l'ultime repli de terrain. Au-delà, c'était un plateau de caillasses, avec la villa-forteresse au milieu et rien autour. Avec la lune qui inondait le décor de sa lumière blême, on aurait pu se croire dans un paysage martien. Il était plus de trois heures du matin et il était temps de déclencher le blitz.

— On va y aller, jeta l'Exécuteur dans le circuit sono. Tiens-toi prêt.

Soulagé d'avoir retrouvé son arsenal de base, il referma le « zip » de la sinistre combinaison noire, accrocha par acquit de conscience six grenades à fragmentation aux mousquetons de sa ceinture, glissa le terrible AutoMag dans son holster de hanche, le Beretta à réducteur de son dans celui de poitrine et posa la mini-Uzi bourrée de cartouches sur le siège voisin. Il disposa des chargeurs de rechange couplés tête-bêche près de lui, vérifia une dernière fois que la procédure de pré-mise à feu des missiles de la tourelle était opérée, que la pré-chauffe de la lance thermique était optimale et, les yeux braqués sur la masse du portail d'acier, il fit relancer le moteur du char de guerre.

Casque-micro en place, l'Exécuteur lança à l'adresse de Grimaldi :

— Tu emmènes le van, côté panneau d'ouverture, tout contre cette saloperie de portail. Tu attends que je frappe la cloison, tu avances de deux mètres, tu attends encore mon signal et tu recommences. Trois fois en tout. Après, tu décroches. Direction repli inférieur du terrain. A cause du souffle.

Dans la cabine de pilotage, Jack Grimaldi sourit. Il avait compris. Dans le module opérationnel, l'Exécuteur avait déjà roulé quelques portions de « pâte à biscuit » signée Gadgets. Le fameux explosif indécelable par les spécialistes des aéroports et qui avait déjà fait tant de dégâts au cours des blitz successifs de l'Exécuteur. Il en fit trois boudins d'environ un mètre chacun sur trois centimètres de section, sélectionna dans un sachet trois minuscules objets qui ressemblaient à des transistors et avant de les coincer entre ses dents, il lança à l'adresse de Grimaldi :

— Go !

Le van se mit aussitôt à rouler et prit de la vitesse. Des silhouettes gesticulantes apparurent sur les chemins de ronde de « Fort Alamo » et les giclées de pruneaux commencèrent à s'abattre sur le blindage. Mais superbement indifférent au déluge d'acier et de plomb, le char de guerre poursuivait son bonhomme de chemin en cahotant un peu sur la rocaille. Quand il arriva devant les panneaux massifs, Grimaldi effectua un acrobatique dérapage contrôlé qui amena le flanc du monstre à vingt centimètres de l'acier des portes. L'Exécuteur en aurait crié d'enthousiasme. Déjà, indifférent aux staccati des armes automatiques qui balayaient tout autour d'eux, il avait plaqué le premier boudin de « pâte à biscuit » sur l'acier, juste à l'angle gauche du mur. Il l'enfonça fort dans la rainure, attrapa un « transistor » entre ses dents, le piqua dans la pâte et frappa la cloison intérieure du van. Aussitôt, celui-ci avança de deux mètres et Bolan put répéter l'opération à la jointure des deux panneaux d'acier. Pour le deuxième angle, ce fut tout aussi facile. Mais à l'instant où Bolan piquait le troisième « transistor » dans la pâte, une averse de balles rageuses passa à dix centimètres de son nez.

L'une d'elles siffla à son oreille droite et il ressentit un choc violent dans l'avant-bras gauche. Il laissa échapper une grimace, recula vivement, vit du sang qui coulait à travers le trou fait par la balle dans la combinaison noire. Il referma le panneau latéral, frappa de nouveau la cloison et, cette fois, le van repartit à grande vitesse.

Jusqu'au repli de terrain qu'ils venaient de quitter.

Maintenant, le blitz allait seulement commencer.

Michele Casamora avait roulé à tombeau ouvert sur les trente kilomètres qui séparaient Velletri du hameau abandonné. Un œil accroché à la route, l'autre au rétro. Mais le grand Fumier n'avait même pas essayé de le prendre en chasse. Certain qu'il allait lui chercher sa pisseuse et la lui ramener avec une faveur autour du cul.

Un ricanement laissa échapper de la gorge du *capo*.

Pour croire ça, il fallait être sacrément con ! Comme și un *capo* digne de ce nom n'avait pas tout prévu de longue date. Comme s'il n'avait pas pris toutes les précautions. Dans sa villa-forteresse, il avait déjà eu le temps de rafler tout le contenu de son coffre-fort. Maintenant, il allait ramasser le reste. Les lingots qu'il avait patiemment enterrés dans sa planque les uns après les autres au cours de toutes ces années. Après, il n'aurait plus qu'à filer à Ciampino où son bimoteur Cessna l'attendait en permanence. Quand Bolan le Fumier s'apercevrait de l'arnaque, il serait loin.

Au soleil, avec tout un tas de fric.

Maintenant, le hameau abandonné inscrivait sa silhouette fantomatique sur le fond du ciel criblé d'étoiles. Casamora lança la Porsche à l'assaut d'un raidillon, la stoppa devant le mur de la chapelle abandonnée, éteignit ses feux, ramassa le petit PM Ingram M. 10 chargé à bloc de 9 mm Parabellum qu'il avait jeté sur le siège passager lors de sa fuite, attrapa une petite lampe-torche dans sa boîte à gants et sauta à terre. Il pénétra dans la chapelle, la traversa, passa derrière l'autel en ruine, se baissa pour manœuvrer une patte de ferraille qui dépassait du piétement en pierre et tira le tout à lui. Il y eut un grincement qui résonna sinistrement sous la nef et un trou noir apparut. D'un coup de lampe, il fit apparaître un petit escalier en pierre et s'engagea sans hésiter dans l'ouverture. Il descendit une vingtaine de marches, trouva le sol sec et dur d'une espèce de sas qui lui-même s'ouvrait sur une galerie. Se guidant à la lampe-torche, il la suivit sur une douzaine de mètres, avant de rencontrer enfin une porte en acier sur le montant de laquelle était fixé un boîtier d'interphone. Il se fouilla, sortit un trousseau de clés de sa poche, en engagea une dans la serrure et, enfonçant la touche rouge de l'interphone, il lança sèchement :

— C'est moi, MC. Tout va bien.

Puis il poussa le battant, vit la lampe à gaz sur la table et les reliefs d'un repas voisinant avec une bouteille de *grappa*. Ça sentait la sueur et d'autres choses encore qu'il ne parvint pas à identifier. Il distingua des ombres, puis une silhouette qui se redressait sur un des lits de camp.

— C'est moi, MC, redit-il par simple routine. J'ai besoin de bras pour...

Le reste de la phrase lui resta dans la gorge.

Juste dans le rayon de sa torche encore allumée, il venait de voir apparaître le visage livide aux grands yeux égarés.

Un visage... d'adolescente !

— Qu'est-ce que..., commença-t-il.

Il bondit littéralement en avant, fusillant les deux gardiens du souterrain d'un regard fou, puis, n'osant pas encore imaginer la vérité, il baissa les yeux sur le corps nu et recroquevillé de la jeune fille pour demander d'une voix atterrée :

— C'est quoi, ton nom, toi ?

L'adolescente battit des cils dans le rayon aveuglant et, d'une voix étrangement cassée, elle souffla :

— Marina. Marina Cornelli.

Alors, Michele Casamora ne dit rien d'autre. Il se redressa lentement, laissa fuser un drôle de soupir entre ses lèvres serrées, tourna ses petits yeux durs vers les deux affreux toujours accrochés à leurs couchettes et, achevant son soupir, il murmura seulement, comme pour lui seul :

— D'accord.

Puis le petit Ingram M. 10 se mit à cracher la mort.

CHAPITRE XIX

La formidable déflagration avait littéralement soufflé les imposants panneaux d'acier. Incroyable. Cet exploit montrait des qualités qu'aucun autre n'avait encore atteint sur le marché des armes. C'était dantesque. Maintenant, les premiers instants de saisissement passés, les *soldati* retranchés dans la forteresse balançaient toute la gomme. C'était Verdun, Dien Bien Phu et Hiroshima réunis. Pris sous tous les feux, le char de guerre tremblait sur ses roues. Des roues heureusement blindées comme tout le reste. N'empêche que si un petit malin se décidait à envoyer une vraie roquette perforante, la sublime mécanique du van aurait du souci à se faire.

— Go ! cria Bolan dans le micro-casque. Pénétration totale.

L'Exécuteur avait décidé de frapper vite... et très fort.

Dans la cabine de pilotage, Jack Grimaldi enfonça la pédale d'accélérateur et le char de guerre bondit en avant. Sous ses roues blindées, les pierres se mirent à jaillir comme autant de projectiles. Moteur emballé, le lourd véhicule sembla se cabrer, puis il précipita en avant toute la rage libérée de ses cylindres. Enfin, tous phares allumés, tel un formidable monstre antédiluvien, il fondit vers le ventre ouvert de sa proie pour mieux la violer encore. Mais brusquement, tandis qu'il n'avait plus à couvrir qu'une quarantaine de mètres avant de franchir le portique, un groupe de flingueurs bondit vers les battants pour tenter de les repousser.

Stupide.

Ils n'eurent même pas le temps de les faire seulement frémir. Les pare-chocs renforcés du mobil-home les frappèrent de plein fouet. Le van en ressentit le choc jusque dans ses membrures, et les imprudents jaillirent en l'air comme autant de santons désarticulés. Puis, poursuivant sa route en ligne droite, le van acheva de rabattre les panneaux contre les murs et les pourris qui avaient joué aux héros ne furent plus là pour le voir. L'un d'eux, seulement blessé, avait tenté à l'ultime seconde de rouler hors de portée des roues. Malheureusement pour lui, le char de guerre fit un écart au dernier moment et le crâne du soldat éclata sous la roue avant droite dans un bruit sec d'os broyés qui couvrit une demi-seconde le grondement des cylindres. Autour du char de guerre, il y eut un formidable geyser de sang et de cervelle qui éclaboussa les murs de la cour sur au moins dix mètres de largeur. Dans la lumière des phares, l'Exécuteur eut le temps de voir passer en trombe des morceaux déchiquetés de corps humain. La tête d'un autre imprudent avait explosé sous le choc de la calandre et une touffe de cheveux noirs et frisés tournoya un instant dans le pinceau des phares, avant de venir se coller sur le pare-brise du van. Une traînée rouge et grise écœurante zigzagua sur le quadruplex, signature atroce d'une mort imbécile.

Dans la cour intérieure de la propriété-forteresse, c'était la panique. Affolés, les *soldati* encore intacts avaient tous bondi des voitures et leurs armes crachaient plomb et acier n'importe où. Dans les premières secondes, rares furent les projectiles qui atteignirent le char de guerre. Mais tandis que l'Exécuteur enclenchait la procédure de mise à feu des deux premiers missiles et que la visée électronique s'opérait sur le bâtiment qui occupait le centre de l'immense cour, les tirs se précisèrent. Une giclée de PM frappa le pare-brise de plein fouet. Sans même l'écailler. Mis au point par les spécialistes de la NASA, le verre en alliage spécial ne commençait à courir de véritables risques qu'au contact d'un obus de char. Simple dans sa conception, mais complexe dans son élaboration, le procédé trouvait ses bases dans le principe de la vibration « d'accompagnement ». En effet, il suffisait théoriquement aux multiples feuilles de quadruplex, contrecollé au laser, de vibrer au premier choc, à l'unisson des vibrations de l'impact. Ainsi réduit à son plus simple effet, le choc perdait le plus gros de sa puissance de perforation. Ajouté à cet effet, l'enchâssement particulier de l'alliage dans un cadre de caoutchouc spécialement alvéolé parachevait l'amorti de l'ensemble.

Déjà, côté Défense US, les ingénieurs se penchaient sérieusement sur les propriétés du fameux « bouclier magnétique ». Le temps n'était plus si éloigné où les projectiles de toutes sortes seraient stoppés dans leur élan par une barrière d'ondes invisibles. Et, à moins de trouver bientôt sur sa route cette mort qu'il tutoyait de si près, Mack Bolan avait bon espoir de pouvoir un jour profiter de cet immense progrès en matière de défense.

— *Attention!* cria la voix de Grimaldi. *A dix heures.*

Bolan avait vu. Deux types venaient de se placer au milieu de la cour. L'un à genoux, l'autre debout derrière le premier et légèrement décalé. Chacun porteur d'une de ces petites merveilles israéliennes en matière de lance-missiles individuel. Dérivé du fameux Weapon Antitank US. Technologie de pointe au service de la mort violente. Très performante.

Il fallait réagir vite.

Les doigts de l'Exécuteur couraient sur les claviers de la console technique. Le bip rouge de la mise à feu clignotait sur le minuscule cadran de visée N° 2. Alors, après un dernier control-computer, le bip sonna et l'Exécuteur relâcha l'ultime sécurité de tir. Au-dessus du mobil-home, il y eut un vrombissement dantesque qui le fit vibrer et deux comètes de feu blême fusèrent en direction du corps de ferme doublé de béton.

Une seconde plus tard, deux épouvantables explosions soufflèrent la quasi-totalité du toit principal, projetant vers le ciel d'enfer des blocs de ciment accompagnés de leurs écheveaux de fils d'acier tordus. Envolée infernale qui retomba un peu partout, écrasant sous elle tout ce qui s'y trouvait. Deux voitures furent écrabouillées avec leur contenu humain, d'autres furent catapultées à plusieurs mètres et Bolan vit un soldat qui courait pour se protéger prendre une Mercedes sur la tête et disparaître littéralement sous elle, comme aspiré par le sol. Il vit aussi une tête séparée de son tronc, voler au-dessus du van, sur le toit duquel elle retomba avec un bruit mat de ballon de foot. Lâchant à présent les grenades des portières, envoyant deux autres missiles dans le grand corps central de bâtiment, l'Exécuteur suivait d'un regard presque détaché l'infernal ballet paniqué des flingueurs. Ses prunelles d'acier enregistraient tout dans le détail. Il lâcha une autre bordée de grenades en faisant tourner le char de guerre sur lui-même, puis, ayant vidé les bandes des mitrailleuses de calandre, il entrouvrit une meurtrière de côté pour envoyer quelques brèves rafales de mini-Uzi en prime. Les dernières silhouettes gesticulantes qui tentaient de s'enfuir furent balayées comme fétus de paille dans la tempête. Maintenant, des cris d'agonie s'élevaient un peu partout et, d'un coup, l'Exécuteur en eut assez.

— Stop! lança-t-il dans le micro, à l'adresse de Grimaldi.

Ça voulait dire « on rentre ».

Le char de guerre vira presque légèrement sur ses roues surgonflées, et, tel un monstre futuriste trop fatigué, il quitta la cour sous les derniers tirs sporadiques d'un invisible irréductible.

C'était vraiment Fort Alamo.

Mais le char de guerre s'éloignait déjà, tanguant sur le sol inégal, comme un gros scarabée saoulé par la fumée des incendies.

— *Tout est O.K.?* questionna Grimaldi par radio.

— Tout est O.K., répondit l'Exécuteur.

— Moi aussi, intervint alors Antonino Scala de sa curieuse voix de femme fatale. Mais j'ai bien failli vomir, ajouta l'homo avec un petit rire gêné.

Bolan esquissa une ombre de sourire un peu las, renvoya, consolateur :

— Ça fait toujours ça, aux premiers cadavres.

— Hein! Parce qu'il y a eu des cadavres! s'égosilla la folle. Mais... mais c'est affreux!

Et encore, de la cabine de repos, on ne voyait pas l'extérieur. Le van avait stoppé et le pauvre Antonino demanda à descendre. Il avait besoin d'air.

— O.K., accepta Bolan en le libérant. Mais fais gaffe à toi.

A peine l'éphèbe eut-il disparu que la voix de Grimaldi résonnait de nouveau dans le module opérationnel :

— *Mack ?*

Au ton de sa voix, l'Exécuteur sentit l'insolite.

— *Mack*, reprit le pilote dans le circuit de bord. *Regarde un peu... à midi.*

A midi, c'était tout droit. Bolan braqua les caméras vidéo sur l'avant du mobil-home. L'ordinateur régla l'autofocus et l'image devint nette. Il ne vit d'abord qu'une voiture à la portière encore ouverte.

La Porsche de Casamora !

Et une longue silhouette exagérément dansante qui se précipitait vers la portière béante.

Antonino !

Le naturel repartait au galop.

Puis le regard de Bolan capta une autre image et, pour la première fois depuis longtemps, l'ex-sergent Miséricorde eut un vrai, un presque complet sourire. Certes très bref, mais indéniable.

Il y avait de quoi.

Là-bas, dix mètres devant, à égale distance entre la Porsche et le van, une mince silhouette les regardait venir. Autour de ses jambes encore un peu trop minces, les pans d'une couverture flottaient doucement au petit vent de la nuit. Puis le mobil-home se remit à rouler un peu, l'image grandit sur l'écran et Bolan vit le visage. Grave. Marqué. Avec, tout au fond des prunelles claires, quelque chose qui ressemblait au renoncement. Alors, sans se préoccuper de savoir si un tireur fou ne l'attendait pas dans un coin, Mack Bolan sauta du van et, doucement, pour être bien sûr de ne pas l'effrayer, il fit trois pas vers la silhouette immobile. Quand il s'arrêta, ils n'étaient plus qu'à un mètre l'un de l'autre.

Et Mack Bolan sourit pour la deuxième fois. Puis il tendit sa main largement ouverte et souffla de sa voix grave et profonde :

— Salut, Marina.

Elle ne répondit que du bout des cils, ses lèvres se mirent à trembler et il crut qu'elle avait un peu froid. Il demanda :

— Tu sais où aller ?

Ses longs cheveux d'or roux voletèrent dans le vent capricieux et, toujours lèvres closes, elle fit lentement « non » de la tête.

— Alors, souffla-t-il comme une confidence, viens avec moi. Je connais un endroit magique où les enfants qui ont mal en dedans réapprennent à sourire.

Elle eut un petit geste furtif, posa sa main dans celle du grand diable noir à la si belle voix et quand elle fit « oui » de la tête, Mack Bolan se foutait bien qu'elle se souvienne ou non d'un certain numéro de compte suisse.

C'était ça, le bonheur.

En tout cas, ça y contribuait...

Mais le combat de Mack Bolan continue...

Il était cinq heures de l'après-midi quand les hostilités s'ouvrirent au sud de Dallas, transformant une petite localité texane en un champ de bataille où le sang coula à flots en quelques secondes. Tout débuta par l'apparition d'un grand homme vêtu comme un cow-boy et portant des lunettes de soleil, qui fit irruption dans une casse de voitures appartenant à un certain Lucky Langella.

L'inconnu descendit d'une Ford Mustang bleu foncé, questionna brièvement un type en train de démonter une pièce sur un véhicule, et continua son chemin vers un grand hangar situé au fond du terrain. Là, il pénétra sans frapper dans un bureau vétuste puant la transpiration et la cigarette refroidie, jeta un froid regard aux trois hommes qui occupaient les lieux et discutaient avec décontraction, puis posa une question laconique :

— Lucky Langella?

Un gros type au visage bouffi et aux doigts couverts de bagues le considéra avec méfiance et agacement.

— Qu'est-ce que vous lui voulez? grogna-t-il méchamment.

— C'est toi? renvoya l'intrus.

— Ouais c'est moi! Dis ce que t'as à dire ou casse-toi, mec. J'ai pas de temps à...

— Bon voyage en enfer! coupa Mack Bolan en sortant de sous son blouson Big Thunder, l'immense AutoMag, qui cracha aussitôt son message de mort.

La détonation avait produit un vacarme épouvantable dans le local exigu. Le tueur assis à côté de Langella vit le front de ce dernier se disloquer tandis qu'une partie de son cerveau éclaboussait le mur derrière lui. Les tympans meurtris par la déflagration, il voulut saisir le .38 spécial qu'il portait dans un holster, sous sa veste, mais sa main ne réussit qu'à effleurer la crosse de l'arme. Il eut la sensation extrêmement fugace qu'un énorme bélier lui heurtait la tempe et sa boîte crânienne explosa littéralement dans une projection de sang et de débris d'os.

Le troisième occupant des lieux avait tenté de courir sa chance en plongeant vers un tiroir où était rangé un automatique. L'Exécuteur le lui laissa prendre avant de l'expédier lui aussi dans l'éternité d'une balle brûlante qui gronda comme le tonnerre. Puis il s'affaira rapidement sur le combiné du téléphone, déposa une petite médaille de tireur d'élite sur le bureau, jeta un dernier regard glacé aux corps sanguinolents avachis en de grotesques positions et tourna tranquillement les talons.

Il déboucha sur le chantier de mécanique à l'instant précis où une Ford noire arrivait en trombe, soulevant un nuage de poussière, et freinait sec dans le balancement de ses amortisseurs. Les portières du côté droit s'ouvrirent brutalement sur deux costauds dont l'un était armé d'une vieille mitraillette Thompson à chargeur cylindrique. L'autre tenait un fusil de chasse à canon scié.

Bolan n'eut pas à réfléchir. Ce furent ses réflexes de combattant qui guidèrent instantanément le long canon de l'AutoMag sur l'homme à la mitraillette, le plus proche et le plus dangereux. Une nouvelle fois, Big Thunder fit entendre son fantastique aboiement et le tueur partit à la renverse, la face réduite en une bouillie rougeâtre, tandis que la rafale crépitait en direction du ciel. Son comparse réussit à larguer une charge de chevrotines avec sa pétoire, mais Bolan avait plongé une fraction de seconde plus tôt, évitant de quelques centimètres les impacts mortels. Dans le mouvement, il expédia une ogive de .44 magnum bien chaude au flingueur qui se cassa en deux et s'affala les bras en croix dans la poussière du chantier.

Il ne restait que le chauffeur. Celui-ci était resté immobile à son volant durant la courte fusillade. Bolan apercevait son visage crispé à travers le pare-brise. Un tout jeune type.

— Sors de ta caisse! gronda-t-il en pointant le canon de l'AutoMag dans sa direction.

Lisez
« Massacre à Dallas »
en vente partout le
6 juillet 1990

DÉJÀ PARUS

- N° 1 : *Guerre à la Mafia*
- N° 2 : *Massacre à Beverly Hills*
- N° 3 : *Le masque de combat*
- N° 4 : *Typhon sur Miami*
- N° 5 : *Opération Riviera*
- N° 6 : *Assaut sur Soho*
- N° 7 : *Cauchemar à New York*
- N° 8 : *Carnage à Chicago*
- N° 9 : *Violence à Vegas*
- N° 10 : *Châtiment aux Caraïbes*
- N° 11 : *Fusillade à San Francisco*
- N° 12 : *Le blitz de Boston*
- N° 13 : *La prise de Washington*
- N° 14 : *Le siège de San Diego*
- N° 15 : *Panique à Philadelphie*
- N° 16 : *Le tocsin sicilien*
- N° 17 : *Le sang appelle le sang*
- N° 18 : *Tempête au Texas*
- N° 19 : *Débâcle à Détroit*
- N° 20 : *Le nivellement de New Orleans*
- N° 21 : *Survie à Seattle*
- N° 22 : *L'enfer hawaiien*
- N° 23 : *Le sac de Saint Louis*
- N° 24 : *Le complot canadien*
- N° 25 : *Le commando du Colorado*
- N° 26 : *Le capo d'Acapulco*
- N° 27 : *L'attaque d'Atlanta*
- N° 28 : *Le retour aux sources*
- N° 29 : *Méprise à Manhattan*
- N° 30 : *Contact à Cleveland*
- N° 31 : *Embuscade en Arizona*
- N° 32 : *Hit-parade à Nashville*
- N° 33 : *Lundi linceuls*
- N° 34 : *Mardi massacre*
- N° 35 : *Mercredi des Cendres*
- N° 36 : *Jeudi justice*
- N° 37 : *Vendredi vengeance*
- N° 38 : *Samedi minuit*
- N° 39 : *Traquenard en Turquie*
- N° 40 : *Terreur sous les Tropiques*
- N° 41 : *Le maniaque du Minnesota*
- N° 42 : *Maldonne à Washington*

N° 43 : *Virée au Viêt-Nam*
N° 44 : *Panique à Atlantic City*
N° 45 : *L'holocauste californien*
N° 46 : *Péril en Floride*
N° 47 : *Épouvante à Washington*
N° 48 : *Fureur à Miami*
N° 49 : *Échec à la Mafia*
N° 50 : *Embuscade à Pittsburgh*
N° 51 : *Terreur à Los Angeles*
N° 52 : *Hécatombe à Portland*
N° 53 : *L'as noir de San Francisco*
N° 54 : *Tornade sur la Mafia*
N° 55 : *Furie à Phoenix*
N° 56 : *L'opération texane*
N° 57 : *Ouragan sur le lac Michigan*
N° 58 : *Bain de sang pour la Mafia*
N° 59 : *Piège au Nouveau-Mexique*
N° 60 : *Pleins feux sur la Mafia*
N° 61 : *La filière new-yorkaise*
N° 62 : *Vengeance à Hong-Kong*
N° 63 : *Chaos à Caracas*
N° 64 : *Le capo de Palerme*
N° 65 : *Nuit de feu sur Miami*
N° 66 : *Trahison à Philadelphie*
N° 67 : *Banco à Denver*
N° 68 : *La guerre de Sicile*
N° 69 : *Pluie de sang sur Hollywood*
N° 70 : *Complot à Columbia*
N° 71 : *Débâcle à Rio*
N° 72 : *Les sources de sang*
N° 73 : *Mort en Malaisie*
N° 74 : *Fleuve de sang en Amazonie*
N° 75 : *Tueries en Arizona*
N° 76 : *Arnaque à Las Vegas*
N° 77 : *La bataille du New Jersey*
N° 78 : *Flots de sang pour une vengeance*
N° 79 : *Raid sur Newark*
N° 80 : *Tempête de mort sur Istanbul*
N° 81 : *Alerte à Phœnix*
N° 82 : *Exécutions maltaises*
N° 83 : *Le Parrain de Nettuno*
N° 84 : *Sédition à El Paso*
N° 85 : *Ligne de feu sur Nicosie*

Hank Frost, soldat de fortune.

Par dérision,
l'homme au bandeau noir s'est surnommé

LE MERCENAIRE

Il est marié avec l'Aventure.
Toutes les aventures.
De l'Afrique australe à l'Amazonie.
Des déserts du Yémen
aux jungles d'Amérique centrale.
Sachant qu'un jour,
il aura rendez-vous avec la mort.

Chez votre libraire le n° 36

COMMANDO MADRID

LES ANTI-GANGS

Les Anti-gangs, une équipe d'hommes durs et implacables qui tuent et se font tuer dans un combat sans merci.

Chez votre libraire le n° 54

LES MARCHANDS DE MORT SUBITE

Percez le mur de la lumière ! Basculez dans l'hyperespace ! Abordez des mondes nouveaux... ou restez sur la Terre où vous rencontrerez aussi l'Etrange et le Terrifiant...

Chez votre libraire le n° 78

LES SPHÈRES DE RAPA NUI

L'AVENTURIER

**Jack Malan arnaque les truands et les milliardaires.
Il leur prend leur argent et leurs femmes.**

La porte du poste de pilotage s'ouvrit à la volée. L'hôtesse du vol Paris-Bastia sortit, les mains sur la tête, le cou tordu par le canon d'un revolver.
— Mesdames et messieurs... commença la jeune femme d'une voix étranglée.
Elle s'interrompit effarée : au bout de l'allée, un passager s'était levé et s'avançait, tranquille, désinvolte. Il était grand, large et, sous sa tignasse blonde, luisaient deux prunelles bleu acier. Une vraie gueule d'aventurier songea-t-elle, en regrettant que sa dernière heure fût arrivée.

N° 14

JE DÉCULOTTE LES PIRATES DE L'AIR

DÉJA CHEZ VOTRE LIBRAIRE

L'holocauste nucléaire tout le monde y pense...
C'est arrivé !
Après la Troisième guerre mondiale. C'est le chaos,
l'horreur, et aussi la lutte pour la vie.
Dans un pays ravagé, livré à la famine,
où des hordes de motards et d'assassins sèment la
terreur, un homme recherche sa femme et ses enfants.
Sa quête le mènera, dans cette Amérique
de cauchemar,... au bout de l'enfer.
Mais John Thomas Rourke n'a qu'un seul but,
continuer...
Il est

CHEZ VOTRE LIBRAIRE LE N° 31

RAID
SUR ROYAL OAK

Les érotiques de Gérard de Villiers

Jusqu'à ce jour, seuls quelques amateurs éclairés avaient accès aux textes érotiques de qualité. Ces "Erotiques" vont enfin permettre à tous ceux qui goûtent ce délassement d'accéder à ces textes protégés longtemps par le secret.

J'ai sélectionné les meilleurs parmi des centaines de livres, souvent clandestins. Ils vont de l'érotisme "hard" à la pornographie la plus flamboyante. Ils ne sont évidemment pas à mettre entre toutes les mains mais ceux qui les liront ne le regretteront pas.

Gérard de Villiers

N° 112 - Le jardin aux fantasmes
N° 113 - La maîtresse noire
N° 114 - Outrages

CHEZ VOTRE LIBRAIRE

*Composé par Eurocomposition
Achevé d'imprimer en mai 1990
sur les presses de l'imprimerie Firmin-Didot
à Mesnil-sur-l'Estrée*

— N° d'imprimeur : **14714** —
— N° d'éditeur : Ex. 86 —
Dépôt légal : juin 1990.

Imprimé en France